KB100301

어른이
슬프게

걸을 때도
있는 거지

박선아

어른이
슬프게

걸을 때도
있는 거지

책읽는수요일
Books
on Wednesday

잠들지 못하는 밤에 친구가 이런 말을 해줬다. "어른이 슬프게 잘 때도 있는 거지." 문장만 놓고 보면 마음에 들지 않아야 했다. '어른'과 '슬픔', 좋아하지 않는 단어가 둘이나 들어 있었다. 자신의 어른 됨을 인정 못 하는 철 없는 성인이고, 슬픔이나 행복 같은 거대한 모호함을 무서워하기도 해서 그런 낱말이 연달아 겹쳐지니 와닿지 않았다. 무엇보다 이 문장의 끝이 체념을 향하고 있다는 점을 받아들이기가 어려웠다.

그럼에도 그날 밤, 나는 이 말에 기대어 편히 잠들었다. 어른은 별로고, 슬픔은 무섭고, 체념도 싫은 고집불통의 불완전한 인간에게 친구가 건네준 말이어서 그랬을 거다. 아끼는 이가 전해주는 말은 힘이 세다. 얼마나 셌던지 그 뒤로 슬플 때마다 이 문장을 동사만 바꿔 여기저기에 갖다 붙여보는 버릇이 생겼다. '어른이 슬프게 퇴근할 때도 있는 거지.' '어른이 슬프게 밥 먹을 때도 있는 거지.' '어른이 슬프게 웃을 때도 있는 거지.' 어디에 섞여도 친구의 덤덤한 목소리가 들렸고 이내 편안해졌다.

'어른이 슬프게 걸을 때도 있는 거지.' 만든 문장 중 가장 여러 번 되뇌인 말이다. 힘들 때 산책하는 일은 나의 오랜 습관이다. 걸으면서 주변을 두리번거리다 보면 잘 잊어버리곤 했다. 늘 그래왔듯 슬픔을 붙들고 걷다가 '그래, 어른이 슬프게 걸을 때도 있는 거지' 하는 목소리를 듣고 난 뒤로는 전보다 더 잘 잊을 수 있게 되었다.

이 책에 실린 원고를 쓰는 동안에는 유독 슬픔이 많았다. 마음에 비해 생각이 빠르게 늙어 서글플 때. 회사에서 의젓하게 자리를 차지하고 앉아 있다가 화장실에 가서 아이처럼 엉엉 울 때. 주변의 많은 것이 멀어지는 일을 담담하게 받아들여야 할 때…. 슬픔이 많은 어른이라는 사실을 끄덕거리며 걸었다. 어른의 나약함을 인정하고 슬픔을 두려워하지 않으며 걷기까지 시간이 오래 걸린 것 같다.

그래,
어른이 슬프게 걸을 때도 있는 거지.

〔 나무 앞으로 돌아오는 〕

산책

누군가와 걷다가 적당한 타이밍이 생기면 꺼내놓는 얘기가 있다. '은행나무의 비밀'이라 부르는 이야기. 좋아하는 사람과 은행을 피하며 걷다가 멈춰 서서 들려주기도 했고, 친구와 말없이 걷다가 앙상한 은행나무가 보여 꺼내기도 했고, 동료와 시골로 취재를 가서 오솔길을 걷다가 은행 나뭇잎을 발견하며 말해주기도 했다. 분주하게 걷거나, 일을 하거나, 여러 사람과 있을 때는 쉽사리 나오지 않는다. 여유롭게 한 사람과 산책을 하다 보면 문득 생각이 나 꺼내보게 되는 이야기다.

은행나무의 비밀은 "은행 나뭇잎이 어떻게 시작되는지 알아?"로 시작된다. 대부분 모른다고 답한다. 새끼손가락을 펴 보이며 다른 한 손의 엄지와 검지로 새끼손톱 아랫부분을 잡는다. "이만하게 작아. 이렇게 작은 것에서부터 시작돼."

서울에 온 지 2년째 되던 해였다. 그때는 옥탑방에 살아서 자주 옥상에 빨래를 널었다. 마른 이불을 걷으려고 옥상에 나갔다가 집 앞 나무의 작은 잎을 봤다. 초록도 아니고 연두도 아닌 색의 잎이었다. '이 나무가 뭐였더라.' 잎 모양을 가까이 보고 싶은데 형태가 보일 정도로 가깝지는 않았다. 바싹 마른 이불을 돌돌 말아 안고 아슬아슬하게 옥상 난간에 서서 고민했다. 뭐였더라, 뭐였지, 이불을 방에 던지듯 놓아두고 1층으로 뛰어 내려갔다. 나무에 가까이 가니 두툼한 줄기에 버섯처럼 붙어 있는 잎들이 보였다. 손가락으로 한 잎을 짚으며 자세히 들여다보는 순간, 웃음이 나옴과 동시에 지난가을에 이 밑에서 은행을 안 밟으려고 까치발로 걷던 일이 떠올랐다. 한 계절이 지났을 뿐인데 그 계절에 아무 잎도 보지 못했다는 이유로 고새 까먹었다. 가지에 걸린 잎은 멀리서 보면 그저 둥그런 어린잎에 지나지 않았다. 가까이서 보니 잘 알고 있던 은행 나뭇잎 모양이었고, 그 크기가 원래 아는 크기의 1/50쯤이라 웃음이 나왔다. 귀여웠다. 설마, 이렇게 자라는 것이었다.

은행 나뭇잎 얘기는 자주 잊고 지낸다. 잊어버리고 살다가 영 한가하거나 그 흔한 은행나무가 눈에 밟힐 때야 입 밖으로 꺼낼 수 있었다. 그럴 때 같이 걷고 있는 사람들은 대개 좋아하는 사람이다. 이 이야기를 들은 이들은 내가 처음에 그랬듯 그 얘기를 신기하게 여겨준다. 아직 아무도 은행나무의 시작을 아는 사람은 없었기에 자연스레 비밀이라 부르게 되었다. 놀란 것 같기도 하고 기쁜 것 같기도 한 표정으로 옆에 선 사람들이 웃을 때, 내가 모르던 그들의 어린 시절 모습을 잠시 발견할 수 있다.

이 이야기는 내가 좋아하는 사람들의 또 다른 좋아하는 사람들에게도 갔을 거고, 지금 이 순간도 내가 모르는 어디론가 흘러가고 있을지도 모른다. 누가 시작한 얘기인지는 모르겠지만 어디선가 들은 비밀스러운 이야기로. 가진 이야기를 아무도 모르게 보내줘야 할 때가 있다. 은밀하게 갖고 있던 이야기가 더는 내 것이 아닌 것처럼 느껴지면 그걸 멀리 보내주고 다른 비밀을 기다린다. 부지런히 기웃거리며 산책하다 보면 우연히 발견하게 될 작은 비밀. 어쩌면 모든 산책은 한 나무 앞으로 돌아오는 길이란 걸 알아차리게 할 놀라운 비밀을.

지금은 서울에서의 여덟 번째 집에 산다. 이사할 때마다 집 근처에 좋아하는 나무가 하나씩 생기고, 반환점처럼 그 나무를 보는 일로 하루를 시작하고 끝낸다. 일부러 찾아 나서지 않아도 자꾸 한 나무가 눈에 밟히고 거기에 마음을 두게 되는 것이다. 요즘은 앞집 마당에서 자라는 감나무를 생각한다. 떠올린 나무 모양이 가물가물하면 엉망진창으로 살고 있을 때가 많고, 그 나무의 오늘이 선명하면 내 삶도 비슷하게 흘러가고 있다.

"당신 생각이 왜 그렇소? 이 세상에서 가장 소중한 아름다움이 해변의 조약돌처럼 그냥 버려져 있다고 생각하는 것이오? 무심한 행인이 아무 생각 없이 주워 갈 수 있도록? 아름다움이란 예술가가 온갖 영혼의 고통을 겪어가며 세상의 혼돈에서 만들어내는, 경이롭고 신비한 것이오. 그리고 그 아름다움을 만들어냈다고 해서 아무나 그것을 알아보는 것도 아니고. 그것을 알아보려면 예술가가 겪은 과정을 똑같이 겪어 보아야 하오. 예술가가 들려주는 건 하나의 멜로디인데, 그것을 우리 가슴속에서 다시 들을 수 있으려면 지식과 감수성, 상상력이 있어야 하는 거요." "그럼 저는 왜 당신의 그림이 늘 아름답게 느껴지죠? 처음 본 순간부터 감탄했는데요." 스트로브의 입술이 약간 떨렸다. "그만 들어가 자요, 여보. 나는 이분과 산보나 좀 하고 돌아오겠소."

서머싯 몸, 『달과 6펜스』 중에서

〔 봄바람을 타려고 〕

산책

"아, 나 그 오빠랑 이 앞에서 만나 산책을 시작하곤 했는데" 하며 멈춰 섰다. 같이 걷던 친구들도 나를 따라 멈췄다. 대나무 숲으로 들어가는 길 근처에 움푹 들어간 흙길이 있었다. 바로 위에 가로등이 있었지만 그림자가 지는 쪽이라 지나다니는 사람들은 쉽게 지나칠 공간이었다.

"여기 이쪽 구석에 오빠가 숨어 있으면 내가 저 너머에서 조심스럽게 걸어왔었지. 그 오빠가 여기 나와 있는지 안 나왔는지는 코가 먼저 알았어. 늘 뿌리던 향수가 있었거든. 나는 그 향이 너무 좋았어. 오빠 졸업한 뒤로 그 향수 냄새가 그리워서 나도 쓰기 시작했었는데 10년 넘도록 아직도 쓰고 있잖아."

지난 주말에는 친구들과 모교에 다녀왔다. 우리들은 담양에 있는 대안학교를 졸업했고 2005년부터 2007년까지 기숙사에 살았다. 1000일을 넘게 함께 살았으니 거기에 가면 말이 많아지곤 한다. 기숙사와 학교에서 있었던 일만으로도 이야깃거리는 충분한데, 그곳이 시골이라는 점에서 이야기는 더 풍성해진다. 논두렁 한복판에 학교가 있고 주변은 대나무 밭이나 숲, 노인들이 사는 집이 띄엄띄엄 있었다. 걷다 보면 저수지나 개울이 나오기도 하고 읍내는 30분 넘게 걸어가야 했다. 나와 친구들은 대도시에서 살다 온 십대 후반의 아이들이었다. 그런 애들이 피시방이나 노래방 심지어 제대로 된 마트도 없는 산골창에서 만든 이야기는 저들에게 각별할 수밖에 없었다.

"봄바람, 좋았지." 친구 중 하나가 중얼거렸다. 봄바람, 그러고 보니 우리에게는 봄바람이라는 말이 있었다. 처음 들은 사람은 '봄바람이 왜?'라고 생각할 수 있다. 여기서 봄바람은 '봄이 되어서 불어오는 바람'을 의미하는 게 아니다.

학교에 입학했을 때, 기숙사에서 선배들이 "봄바람 불어올 시기가 됐다." "개랑 개랑 봄바람이라며?" "와, 그 둘, 봄바람이 생각보다 세게 부네?" 하면 무슨 소린가 싶었다. 내내 선배들의 대화를 듣다 보니 알 것 같았다. 무슨 뜻이냐고 물은 적은 없지만 언제부턴가 나와 친구들도 자연스레 그 단어를 쓰고 있었다. "나 요즘 봄바람 탄다?" "그 오빠랑 봄바람이야?" "나도 봄바람 타고 싶다."

봄바람을 타는 방식은 단순했다. 시골 한복판에서 애들이 할 수 있는 것은 많지 않았다. 가까워지고 싶은 사람이 있으면 산책을 가자고 말하는 것. 그게 봄바람의 시작이었다. 여러 사람의 눈과 귀가 모여 있는 학교에서 나와 숲으로 향하든, 산자락을 걷든, 벗어나야 했다. 그래야 둘만의 세계에 들어갈 수 있었다. 차도 없고 운전도 할 줄 모르니 하염없이 걷는 일로 둘의 시간을 만들 수밖에 없었다. 이 얘기를 들은 누군가 "아이고, 귀여운 학생들이었네"라고 간단히 말해버리면 어쩐지 서운할 것 같다. 가물거리긴 하지만 그때 우리들에게는 그 산책이 우주의 전부였다. 산책으로부터 아주 많은 것들이 시작되었다.

일과 시간을 보내고 저녁을 먹은 뒤에는 묵학(야자)을 했다. 내 경우에는 그 시간에 산책하는 걸 가장 좋아했다. 화장실에 가는 것처럼 몰래 도서관에서 나왔다. 화장실 쪽으로 걸어가다가 잽싸게 샛길로 빠졌다. 빠른 걸음으로 약속한 장소로 향했다. 대나무 숲 옆의 움푹 들어간 자리로.

산책을 하다가 저 멀리 학교 사람들이 보이길래 남의 집 대문 뒤로 숨었던 날이 있다. 그때를 생각하면 아직도 조마조마하다. 둘이 숨을 죽이고 대문 뒤에 붙어 있었다. 집 안에서 사람이 나오면 어쩌지, 저 멀리 오는 학교 사람들이 우리를 봤을까, 소곤거리며 한동안 나란히 서 있었다. 함께 걸을 곳을, 같이 걷기 위해 기다리던 자리를, 사랑을 속닥거리기에 알맞은 단어를 찾아낸 우리들은 정말 대단했지.

오늘, 이 원고를 쓰면서 처음으로 '봄바람'을 사전에서 찾아봤다. 첫 번째 뜻은 '봄철에 불어오는 바람'이고 두 번째 뜻으로 '봄을 맞아 이성 관계로 들뜨는 마음이나 행동을 비유적으로 이르는 말'이라고 나와 있었다. 사전에 있던 말이구나. 이따 저녁에 홍대에서 친구들을 만나기로 했는데 그때 알려줘야지. 다들 놀라겠지? 날이 따뜻해지고 있다.

"내일 오후에 혹시 함께 가볍게 산책할 만한 시간이 있나 물어보고 싶군요."
그녀는 그를 바라보면서 고개를 가로저었다. 그가 낙담하여 우울한 표정을 보이자, 마음이 아팠다.
"그럴 수가 없어요." 그녀가 부드럽게 말했다. "내일은 시간을 편히 낼 수가 없어요. 오전에 겨우 교회에 다녀올 시간만 있거든요."
"아, 그렇군요." 크눌프가 투덜대듯 중얼거렸다. "그렇다면 분명 오늘 저녁에는 같이 외출할 수 있겠죠?"
"오늘 저녁에요? 그래요, 시간을 낼 수 있기는 해요. 하지만 오늘은 편지를 한 통 쓰려던 참이었는데. 고향에 있는 사람들에게요."
"편지야 한 시간쯤 미루었다가 써도 되잖아요. 어차피 오늘 저녁에 보내지는 않을 테니까요. 이봐요, 나는 당신과 잠시 이야기 나눌 수 있기를 간절히 바랐어요. 그리고 오늘 저녁에 날씨가 아주 나쁘지만 않다면, 우리는 멋진 산책을 할 수 있을 거예요. 자, 그렇게 해요, 설마 나를 무서워하는 건 아니겠죠?"

헤르만 헤세, 『크눌프』 중에서

〔 바람이 생기는 〕

산책

창경궁을 산책하다가 고양이와 마주쳤다. 귀여워서 바짝 뒤따라 걸었더니 녀석은 빠르게 걷기 시작했다. 어느 정도 빠르게 걷다가 뒤를 돌아보고 나와 거리가 생긴 것을 확인하면 다시 느리게 걸었다. 나도 녀석처럼 속도를 조절하며 걸었다. 거리가 좁혀지면 느리게 걷고 멀어지면 빠르게 걸었다. 가까워질 것 같으면서도 가까워지지 않고 그렇다고 아주 멀어지지도 않는 적당한 거리가 우리 사이에 유지되었다.

"이 고양이는 반대편 궁에 사는데 잠깐 마실 나온 거예요. 저 너머에는 정자가 하나 있거든요. 거기로 자주 놀러 가는 것 같더라고." 나와 고양이의 모습을 지켜보고 있었는지 어디선가 한 아저씨가 다가와 말해줬다.

산책 나온 고양이를 계속 따라갔고 아저씨 말처럼 녀석이 어느 정자 앞에 멈추기에, 나도 같이 앉게 되었다. 정자 근처에는 산책 나온 고양이 말고도 여러 고양이가 있었고, 아주머니와 할아버지도 있었다. 이쪽으로 걸어올 때처럼 우리 모두는 적당한 거리를 두고 앉았다.

여기로 오는 길에 내게 불쑥 말을 걸었던 아저씨처럼 할아버지와 아주머니도 고양이 정보를 갖고 있었다. 누가 엄마 고양이고, 얘는 누구의 자식이고, 쟤는 태어난 지 얼마나 되었고, 그런 걸 잘알고 있었다. 아무것도 묻지 않았지만 그들은 스스로 질문을 만들고 답할 줄 알았다. 묻지 않은 걸자세히 말해주는 사람들의 이야기를 유심히, 오래들었다.

"궁 근처에 사세요?" 내내 여러 이야기를 들려주던 어른들에게 내가 던진 첫 질문이었다. 오늘 내게 말을 건 세 어른에게 궁금한 것은 한 가지였다. '이 사람들은 이 시간에 왜 여기에 와 있지?' 처음에는 궁에서 일하는 사람들인 줄 알았는데 듣다 보니 아닌 것 같았다. 아주머니가 답을 머뭇거리기에 고쳐 물었다. "여기에 자주 산책 오시나 봐요." 할아버지는 매일, 아주머니는 일주일에 두어번, 이 궁으로 산책을 나온다고 했다. "저는 상시관람권을 끊어서 한 달에 만 원, 옆에 계신 어르신은 65세 이상이라 무료!" "우와, 좋으시겠어요. 저도이 근처에 살고 여기를 매일 산책할 수 있다면 참좋을 것 같아요." 두 어른은 고양이를 바라보던 표정으로 나를 보고 웃었다.

그렇게 몇 마디를 더 주고받다가 어른들이 먼저 자리에서 일어났다. 근처에 있던 네 마리 고양이도 자리에서 일어나 길목으로 나왔다. 아주머니와 할아버지는 손을 흔들며 사라졌고 고양이 넷은 고개를 빼고 멀어지는 두 사람의 뒷모습을 바라봤다. 뒤편에 서서 그들의 배웅을 지켜보며 며칠 전에 산 고양이 간식을 생각했다. 우리 집 고양이가 먹지 않아 냉장고에 넣어두었는데 그걸 갖고 나왔더라면 지금이 시선을 끌 타이밍이었다. 아쉬운 내 마음을 모를 고양이들은 빈손인 나를 쳐다보다 숲으로, 아래로, 구석으로, 옆으로 사라졌다.

나도 이제 그만 돌아갈 때가 온 것 같아 왔던 길로 다시 걸었다. 서울에서 이런 산책로를 만난 적이 있었나를 생각해보면 비슷한 길이 떠오르지 않았다. '이번 집 계약이 끝나면 창경궁 근처 부동산을 돌아볼까? 좀 더 나이가 들면 시도해볼까? 그때도 나는 서울에서 혼자 살까?' 그런 걸 생각하며 궁을 빠져나오는 길에 자판기가 하나 보였고 목이 타던 차라 그 앞에 섰다. 레몬 홍차라는 메뉴가 있길래 지갑에 구겨둔 천 원짜리를 꺼냈다.

고양이 한 마리를 따라가 모르는 사람의 이야기를 들을 수 있을 정도의 느릿한 산책을 해서 그런가. 자판기에 지폐를 넣고 버튼을 누르던 순간이 선명하게 기억난다. 플라스틱 문을 열고 종이컵을 꺼낼 때, 레몬 냄새가 같이 빠져나왔다. 언젠가 와서 또, 마셔야지.

"누구나 자기만의 '정원'이 있다. 내 마음을 빼앗고 나를 기분 좋게 만드는 것들로 둘러싸인 곳. 시간과 공간이 허물어지는 곳. 그 속에서 우리는 홀로 조용히 상상하고, 생각하고, 마음을 들여다보고 묻고 답한다. 현실에서 잠시 벗어나 내면으로 산책하는 공간. 그곳에서의 쉼이 일상의 삶을 살아가게 하는 힘이 된다."

백은영, 『다가오는 식물』 중에서

〔 둥근 달을 따라 〕

산책

아일랜드에 살며 영어 학교에 다닌 적이 있다. 영어를 배우고 싶어 하는 사람들이 세계 곳곳에서 그곳으로 왔다. 다양한 커리큘럼으로 채워진 수업 중 나는 토론 시간을 좋아했다. 선생님이 칠판에 쓴 주제를 옆 사람과 짝을 지어 이야기하고 다음에는 그룹을 짓고 마지막에는 모두가 함께 나눠보는 방식이었다.

어느 날 '외로움을 어떻게 견디고 극복하냐'는 질문이 칠판에 쓰였다. 아일랜드에서 혼자 살고 있는 작은 방을 떠올려보기도 하고 한국에서 혼자 중랑천을 따라 걷던 일을 기억해보기도 하며 잠시 고민하다가 "더 혼자이게 내버려둔다"고 말했다. 누군가 함께한다고 해결될 일이라면 외로움은 다른 이름으로 불려야 할 것 같았다. 옆자리에 있던 친구는 섹스로 잊는다고 했고, 건너편의 다른 친구는 남자나 여자를 만나는 일이 도움이 될 거라 했고, 조용히 듣고 있던 한 친구는 외로움의 구덩이를 파고 거기에 파묻힌다고 했다.

비슷하게 보여도 같은 답은 없었다. 수업이 끝나갈 무렵에는 이런 생각이 들었다. '외로움을 모르는 사람은 없구나.' 다들 외롭고 저마다의 방법으로 외로운 시간을 보내고 있다고 생각하니, 교실 안의 모두와 친구가 될 수 있을 것 같았다.

외로움을 말하고 나니 자연스레 외롭지 않았던 시간도 떠올릴 수 있었다. 언젠가 '함께'의 즐거움을 알게 되었던 적이 있었고 그게 너무 좋아서 더는 함께하지 못하게 되었을 때, 많이 슬펐다. 이제는 슬픔이 좀 가서서 다시 혼자의 즐거움을 느낄 수 있다.

그 수업이 있고 얼마 지나지 않아 달이 크고 밝은 날에 파티가 있었다. 술이 떨어져 한 친구와 슈퍼로 가는 길에 달을 발견했다. "하늘 봐!" 했더니 그가 아이처럼 좋아했다. "오늘 한국에 있는 친구와 이야기하다 알았는데 한국에서도 같은 보름달이 보인대. 아마 일본에서도 그럴 거야." 친구는 그에 대해 생각해본 적이 없다며 신기하다고 호들갑을 떨어주었다. 우리는 한참 말없이 달을 보다 들어갔다.

일본에서도, 한국에서도, 아일랜드에서도 같
은 달을 본다. 다시 한 번 외로움을 어떻게 견디
고 극복하냐는 질문에 답을 달 기회가 생긴다면
"더 혼자이게 내버려두고 달을 본다"로 답을 바
꾸고 싶다.

"세상일에 울어봤자 소용없어요. 그렇지 않아요? 아
무리 슬퍼해도 사람들은 알아주지 않아요. 가장 좋은
건 그냥 계속 걷는 겁니다."

마틴 어스본,
『나는 이스트런던에서 86½년을 살았다』 중에서

산책

학창시절에는 혼자서 농구 하는 애를 보곤 했다. 친구들과 어울리지 않고 홀로 공을 튀기고 골대에 넣기를 반복하는 그 아이가 자꾸 보고 싶었다. 말 붙이기 어려워서 보고, 보고, 보고, 또 보기만 했다. 무슨 생각을 하는지 도무지 알 수 없는 애였다. 어쩌다 말을 섞었던 날이 있다. 농구 코트로 들어가 용기 내서 말을 걸었고, 걔는 나를 무심하게 봤다. 민망해서 재빨리 도망쳤다.

애매한 시간이 흘렀고 나는 축구 하는 애랑 사귀게 되었다. 남자친구는 모두에게 사랑받는 애였다. 귀엽고 수더분하고 무엇보다 다정했다. 좋은 사람이란 말은 이런 애한테 쓰는 거구나, 싶었다. 걔가 축구 하는 걸 본 적은 없다. 교실에 있다가 가끔 창밖을 내다보긴 했지만, 농구 하는 애를 볼 때처럼 보진 않았다. 두근거리지 않았지만 편안했고, 손을 잡고 걸으면 온 세상이 내 편인 것처럼 안심이 되었다. 나는 아무것도 하지 않았다. 늘 있던 자리에 멀뚱히 있었을 뿐이다. 그 애는 그런 내게 뭐든 아낌없이 주기만 했다. 왜 이런 나를 그렇게까지 좋아하는지 알 수 없었다. 가끔 농구 하는 애가 혼자 지나가면 신경이 쓰였지만, 그즈음에는 더는 농구도 축구도 구경하지 않게 되었다. 어느 날, 축구 하는 남자에게 "사랑해"라고 말했다. 사랑이 느껴지는 날이었고 느낀 대로 말했다. 남자친구는 이전에 본 적 없는 표정으로 웃었다.

학교를 졸업하고 몇 년이 흐른 뒤, 농구 하던 애가 뒤늦은 고백을 했다. 내가 믿지 않는 눈치이자 걔는 농구를 구경하던 내 모습을 자세히 설명했다. 앉아 있던 방향이나 머리카락의 길이, 손으로 턱을 괴는 모양 같은 것을 기억하고 있었다. 그 아이 말에 의하면 나는 매번 지나치게 가까운 거리에 앉아 농구를 구경했다고 한다. 바로 옆에 있어 신경이 쓰이는데, 내 쪽은 쳐다볼 수 없어서 공과 골대만 봤다고.

　　내가 농구 코트로 들어가 말을 걸었던 날도 기억하고 있었다. 나는 걔가 내 말에 답하지 않았다고 기억하는데, 그는 고민하다 답을 하려고 하니 내가 이미 코트 밖으로 뛰어가고 있었다고 했다.

"내가 너를 좋아하는 걸 알았어?"라고 물으니 그걸 모르는 사람이 있었겠냐고, 아마 농구장에 있던 사람은 다 알았을 거라고 했다. "넌 뭘 숨길 줄 모르는 애였던 걸로 기억해. 얼굴에, 목소리에, 걸음에, 뒷모습에 네 감정이 다 보였어. 무슨 생각을 하는지는 종잡을 수 없는데, 기쁘거나 슬프거나 행복하거나 그런 감정은 흰히 보이더라고. 말 한 번 제대로 섞어본 적 없지만, 나는 너를 잘 아는 사람 같았어." 그런 걸 덤덤하게 말하는 모습을 보니 왜 이 친구를 좋아했는지 알 것 같았다. "그때도 이렇게 말해보지 그랬어"라고 말한 뒤 헤어졌고 그 뒤로 다시 보지 않았다. 집에 돌아오면서 애인에게 전화를 걸었다. 농구 하던 남자애 얘기를 할까 말까 고민하다 하지 않았다.

성인이 되어 만난 애인은 축구 하던 남자애와 비슷한 사람이었다. 나는 그들과 사랑, 을 말했다. 통화를 끝내고 집에 가며 그런 생각을 했다. 나는 언제까지 받기만 하는 사람일까. 영원히 줄 수 없는 사람일지도 모른다는 사실이 두려워서, 그날은 이불을 머리끝까지 올리고 잤다. 외로웠다. 애인에게 전화를 걸면 바로 왔겠지만 더 외로워질까 봐 그러지 않았다.

그것도 다 몇 년 전의 일이다. 남자친구나 애인이 없어진 지 꽤 되었다. 오늘은 산책을 하다가 홍대 운동장에 앉아 농구 하는 대학생을 봤다. 그걸 보다가 오래전에 좋아했던 애가 생각난 거다. 이불을 뒤집어쓰고 그런 생각을 했었다. 언젠가 또 농구 하는 애와 비슷한 사람을 만난다면, 그때는 축구 하던 남자친구나 애인이 내게 준 것과 비슷한 마음을 줄 수 있다면 좋겠다. 나를 사랑해준 사람들을 깊이 사랑해왔다. 그리고 요즘은 이름도 잘 기억나지 않는 농구 하던 아이를 떠올리며, 마음의 매무새를 다잡는다.

"산책할 수 있다는 것은 산책할 여가를 가진다는 뜻이 아니다. 그것은 어떤 공백을 창조해낼 수 있다는 것이다. 산책할 수 있다는 것은 우리를 사로잡고 있는 일상사 가운데 어떤 빈틈을, 나로선 도저히 이름 붙일 수 없는 우리의 순수한 사랑 같은 것에 도달할 수 있게 해줄 그 빈틈을 마련할 수 있다는 것을 말한다. 결국 산책이란 우리가 찾을 생각도 하지 않고 있는 것을 우리로 하여금 발견하게 해주는 수단이 아닐까?"

장 그르니에, 『일상적인 삶』 중에서

〔 빨래방을 오가며 〕

산책

아침에 눈을 뜨자마자 새벽에 보았던 것이 생각났다. 벌떡 일어나 이불 끝자락을 확인했다. 이불 커버와 솜, 매트리스 커버까지 고양이 토사물로 젖어 있었다. 세 가지를 한꺼번에 돌리기에 우리 집 세탁기는 작았고, 이불 세 개를 말릴 만한 공간도 없었다. 어쩌지, 고민하다가 만날 지나다니며 보았던 집 근처 빨래방을 기억해냈다.

한 번은 지인이 그 빨래방 옆 건물 지하에 숨어 있는 술집에 데려간 적이 있다. 동네 주민도 모르는 술집을 어떻게 찾았는지 물었더니 근처에 사는 다른 친구가 데려온 적이 있다고 했다. 그의 친구는 빨래방에 와서 빨래를 기다리다 작은 간판을 발견했다고 한다. 호기심에 지하로 내려가 맥주를 한 잔 마셨다. 우연히 발견한 술집이 마음에 들었고 그 뒤로 친구들을 데려가기 시작했던 거다. 하루키 산문에 나오는 이야기 같았다. 그게 퍽 인상적이었는지 그 술집과 빨래방 사이를 지날 때면 한 남자가 빨래를 기다리며 빨래방 앞을 어슬렁거리다가 술집을 발견하는 모습을 상상하곤 했다.

이불들은 무거웠다. 가까운 거리였는데도 몇 번이나 바구니를 내리고 들기를 반복했다. 빨래방에 들어서자 후, 하고 한숨이 흘러나왔다. 벽면에 붙은 빨래방 이용 안내문을 읽으며 숨을 골랐다. 대형 세탁기에 이불을 넣으려고 하는데 먼저 와 있던 사람이 "그거 고장 났어요"라고 일러주었다. 동전을 표시하는 창에 에러를 알리는 글자가 적혀 있었다. 옆의 중형 세탁기 두 개에 이불을 나눠 넣었다. 오백 원짜리 동전 몇 개를 넣었더니 20분이 걸린다고 표시되었다.

친구의 친구처럼 술집에 가보고 싶었지만, 이른 아침이라 문이 닫혀 있었다. 새벽에 토를 발견했을 때 바로 갖고 나왔으면, 빨래를 기다리며 맥주 한 잔을 마셔볼 수 있었으려나. 게으름을 피운 대가로 아침 빨래방에 와버렸지만 이른 아침 빨래방도 괜찮았다. 어쩐지 들뜬 기분으로 의자에 앉았는데 금세 지루해졌다. 일단 집으로 갔다. 아침으로 먹을 두부를 부치다 보니 집에 온 보람 없이 빨래 시간이 끝나갔다. 혹시 누군가 내 빨래를 꺼내 놓거나 가져가면 어쩌지, 싶어서 종종걸음으로 다시 빨래방으로 향했다.

빨래는 시간에 맞춰 끝나 있었고 건조기 쪽으로 이불을 옮겼다. 건조기는 자주 열어 빨랫감을 뒤집어주는 게 좋다고 적혀 있기에 이번에는 집으로 돌아가지 않고 의자에 앉았다. 한 여자가 고장 난 세탁기에 이불을 넣었다. 내게 고장을 일러준 남자처럼 뭔가 말을 해주고 싶었는데, 타이밍을 놓쳐버렸다. 여자는 동전을 넣고 몇 번 기계를 훑어보다가 고장임을 인지하고 옆으로 이불을 옮겼다. 이불을 넣은 여자는 내 옆에 앉았다. 말해주지 못한 일이 못내 아쉬웠지만 이미 지나간 일이었다. 여자는 휴대폰을 보기 시작했고, 나는 여자를 의식하길 그만두고 이불들이 동그란 구멍 안에서 돌아가는 모습을 지켜보았다. 선풍기랄까. 관람차랄까. 그런 것들이 일정한 속도를 갖고 돌아가는 모습을 보았던 어느 날들이 떠올랐다.

　　건조를 끝내는 알림이 울렸다. 기계에서 이불을 꺼내는데 잘 마른 이불이 따뜻했다. 햇볕에 바삭하게 말린 이불을 걷을 때와는 또 다른 느낌이었고 다른 방식으로 행복해졌다. 이불들을 빨래 바구니에 쌓아 들어 올리니 거기에 얼굴을 묻어야 안전하게 들고 갈 수 있는 자세가 되었다. 따끈한 빨래에 얼굴을 묻고 집에 돌아가는 기분이란 것도 있구나.

빨래터나 개울에서 빨래하는 옛날 사람들을 그려봤다. 드라마나 민화에서 볼 수 있던 장면들. 저마다 사소한 일에서 갑자기 찾아오는 행복에 마음을 빼앗기는 날이 있었겠지. 그중에는 오늘 내가 느낀 것과 비슷한 유도 있었으려나.

이불을 갖고 집에 들어가자 고양이는 아무 일도 없었다는 듯 밥그릇 앞에 앉아 울고 있었다. 사료를 가득 담아주며 아침에 일어나서 애를 원망했던 일을 마음속으로 사과했다. 이 고양이 덕분에 몰랐던 것을 하나 더 알게 되었다. 종종 토요일 아침에, 아니 밤에 가야지. 빨래방.

"그때마다 찬성은 이상하게 태어나 한 번도 얼굴을 보지 못한 엄마 대신 에반이 떠올랐다. '에반도 이런 데서 산책하면 좋을 텐데' '에반도 저런 간식 주면 흥분할 텐데' 아쉬워했다. 에반은 요즘 찬성이 다가가도 쳐다보지 않았다. 흐릿한 눈으로 멍하니 허공만 응시했다. 찬성이 밥에 날계란을 풀어주고, 할머니 몰래 참치 통조림을 얹어줘도 고개 돌리는 날이 많았다. '요새 내가 자꾸 집을 비워 삐진 걸까?' 미안한 마음이 들었지만 최대한 돈을 빨리 모으려면 어쩔 수 없었다."

김애란, 『바깥은 여름』「노찬성과 에반」중에서

〔 친구의 단어를 기억하며 〕

산책

우리는 2013년에 잡지사에서 만났다. 나의 사수였던 그가 회사를 그만두고 나무배를 만들 거라고 말했던 날이 선명하다. 설마 그것을 위해서 직장을 그만둘까, 싶었는데 정말 그만뒀다. 처음에는 춘천의 어느 가구 공방에서 작은 나무 만지는 일을 배우고 그다음에는 분당에 있는 스튜디오에서 더 커다란 나무로 무엇인가를 만들었다. 선배의 글을 좋아했기에 더는 그가 쓴 원고를 읽지 못하는 게 가끔 아쉬웠고, 그때마다 매번 다른 장소에 머물고 있는 그를 찾아가 쌓아둔 이야기를 듣는 일로 아쉬움을 달래곤 했다.

　이번에 오랜만에 선배를 만난 곳은 새 작업실이었다. 그가 작업실에서 만드는 것은 (아직) 나무배는 아니고 액자였다. 액자 가게를 열 자리를 찾으러 다닌다는 얘기를 들었던 날도 나무배에 대한 이야기를 들었던 날과 비슷한 선명함으로 남아 있다.

"배?"

"액자?"

수년 전에 '배'를 얘기했을 때나 최근에 '액자'를 말해주었을 때, 나는 그 단어들을 소리내 발음해보았다. 질문이기도 하고 혼잣말이기도 했다. 분명 아는 말인데 처음 듣는 단어처럼 느껴졌기에 다시 한 번 말해본 거다. 그 자리에서 내가 할 수 있는 일은 그것뿐이었다. 선배는 놀란 나를 앞에 두고 그 단어를 둘러싼 자신의 생각들을 말해줬었다. 이야기를 들으며 그가 이 새로운 단어를 발견하고 탐구하고 선택하기까지 지었을 표정 같은 것을 그려보곤 했다. 다른 말들을 더 할 수는 없었다. 그저 낯설어진 단어를 몇 번씩 더 중얼거리다가 헤어졌다.

그렇게 헤어진 뒤, 나는 내가 사는 세계에서 그 단어들을 다시금 발견하곤 했다. 나만 몰랐을 뿐이지 세상에는 아직 나무배가 있었다. 실제로 탈 수 있는 배보다는 모형을 더 많이 발견했다. 여행을 떠나면 곳곳에서 나무로 만든 배 모형이 보였다. 베를린에서, 파리에서, 바르셀로나에서, 멜버른에서, 세계 곳곳에서 배 모형을 발견하면 어김없이 '선배의 나무배'가 생각이 났다. 커다란 것도 있고 작은 것도 있었는데 크기가 적당한 것은 사볼까 싶어 매번 가게 안에 들어가 가격을 물어보았다. 그러다가 제주의 어느 작은 상점에서는 유리병 안에 들어있던 배 모형을 사서 선배에게 선물했다. 사지 못한 날에는 사진을 찍어 메시지로 보내기도 했다. 배를 발견하는 기쁨을 전달한 것은 두어 번이었지만 그러지 않고 지나치기만 한 날이 더 많다. '오늘도 열심히 나무를 자르며 보냈겠지?' '꿈을 잊어버리진 않았으려나.' 궁금해하며 지나치는 날들이 여러 번 있었다.

파리에서는 그런 적이 있다. 거리를 걷다가 어느 가게 안에 희미하게 스탠드 불빛이 책상을 비추고 있는 것을 보았다. 쇼윈도에 얼굴을 가까이 붙이고 보니 목수 인형이 나무를 자르는 포즈로 서 있는 것이 보였다. 무엇을 만들고 있는지 잘 보이지 않았다. 파리에 머무는 보름 동안 그 앞을 지날 때마다 잠깐씩 멈춰 서서 목수 인형을 들여다보았다.

요즘은 액자가 그렇게 많이 보인다. 누가 요즘 액자를 주문해서 쓰려나, 싶었는데 일상 곳곳에는 수많은 '프레임'이 존재하고 있었다. 액자가 걸린 곳도 있지만 그렇지 않은 곳에는 선배가 만든 액자를 걸면 어울릴 거라는 상상을 하곤 한다. 어떤 곳에는 꼭 선배가 만든 나무 액자가 들어가야 할 것만 같아 팔짱을 끼고 미간 사이를 살살 긁으며 액자가 있는 자리를 쳐다보고 있다. 액자를 꺼내 뒷면을 유심히 보기도 하고 옆면을 살며시 만지며 쓸어 내리기도 한다.

이렇게 내가 배와 액자를 알아가다가 오랜만에 선배를 만나면 그는 또 다른 단어를 들고 와서 새로운 이야기를 들려줄지도 모르겠다. 그 단어가 어떻게 변해가든, 친구가 말해준 단어를 기억하는 일이 내가 할 수 있는 가장 견고한 응원이라 여긴다. 오래오래 그의 단어들이 변하는 일을 지켜보고 그때마다 소중히 발음해보고 싶다.

"딱 삼시 세끼 밥만 먹고 간식을 안 먹어요. 자전거 타고 산책하는 게 전부예요. 건강의 첫째는 다리예요. 다리가 아파서 못 쓰면, 하루 종일 누워 있어야 하잖아요. 밥때 돼서 밥 먹고 계속 누워만 있으면 죽은 송장이나 마찬가지 아닌가요? 텔레비전에서 건강 프로 같은 것도 하고 그러던데, 귀가 먹어서 안 봐요. 사람은 다리가 첫째예요."

김영건·최윤성,
『나는 속초의 배 목수입니다』 중에서

〔 믿음, 사랑 그리고 〕

산책

거실 소파에 앉아 어려운 이야기를 꺼냈다. 침묵이 흘렀다. 곁에 있던 이가 자리에서 일어나며 침묵을 깼다. "가볼게. 잘 지내고." 현관 쪽으로 걸어가는 그를 따라갔다. 외투를 입고, 가방을 메고, 신발을 신고 현관문을 나설 때까지도 어떤 말을 더해야 할지 몰라 머뭇거렸다. 현관문이 닫히자마자 다리에 힘이 풀려 그대로 신발장 앞에 앉았다. 울었다. 소리를 내며 울었다. 얼마큼이었는지 정확히 모르겠지만 다리가 저릴 때까지 그렇게 울고 있었다.

다리에 감각이 없어져서 일어나려는 찰나. 고양이 울음소리가 들렸다. 가까이 들리는 것 같기도 하고 멀리서 들리는 것 같기도 했다. 아무리 이름을 불러도 나타나진 않았다. 이상한 기분이 들어 뒤를 돌아 대문을 열었다. 우리 집 고양이가 문밖에서 울고 있었다.

당시 집은 약 30세대가 ㅁ자 형태의 복도를 두고 사는 오피스텔이었다. 그 집에서 고양이와 처음 살기 시작했다. 퇴근하고 집에 들어갈 때, 고양이는 매번 복도로 튀어나왔다. 처음에는 그 일을 막아보려고 가방으로 문 아래 통로를 막고 들어가거나 현관 울타리를 찾아보기도 했다. 그러다 언젠가부터 복도를 같이 걷는 쪽을 선택하게 되었다. 울타리 대신 내 번호가 적힌 목걸이를 주문해서 걸어준 뒤, 우리는 복도를 산책했다.

산책의 루트는 비슷했다. 조심스럽고 즐거운 걸음으로 뒤를 따라 걷다가 어느 정도 시간이 지나면 고양이를 안아 들고 집으로 돌아왔다. 고양이는 한 번도 자신의 의지로 집 쪽으로 간 적이 없다. 계속 새로운 곳으로 영역을 넓히며 걸었다. '내가 잡아 데리고 들어가지 않으면 쟤는 멀리 가버리겠지.' 이 집 저 집을 킁킁거리며 걷는 고양이의 뒷모습을 보며 자주 하던 생각이다.

문이 열리면 밖으로 나가는 습관이 있는 고양이라 그날도 평소대로 산책을 하는 줄 알고 나갔을 거다. 내가 신발장 앞에 앉아 우는 동안 고양이는 이전에 겪어본 적 없는 상황을 겪었다. 자신의 산책을 끝내버리는 인간이 없는 산책. 어디론가 가버릴 수 있었을 시간에 얘는 왜 집으로 돌아와 문 앞에 앉아 있었을까. 미안함과 동시에 이상한 안도가 생겨 고양이를 끌어안고 조금 더 울었다. 녀석은 화를 내는 대신 내 팔을 핥아주었다.

그로부터 몇 년이 흘렀다. 여러 번의 이사를 했고, 고양이에게는 여러 가지 산책 루트가 생겼다. 복도식 아파트에 살 때는 바깥 공기를 마실 수 있었고, 또 한 번은 ㄱ자 복도라 숨바꼭질 같은 걸 할 수 있었다. 현관문을 두드리며 "나 이제 집에 들어간다!" 하면 코너를 돌아 급하게 뛰어왔다. 복도에 혼자 있어 본 악몽이 떠오르는지, 긴박한 표정으로 달려오는 모습이 귀여워서 짓궂은 장난을 쳤다. 평수가 넓은 아파트에 살 때는 집에 비해 복도가 작았기에 잠깐 나갔다가 시시한 표정으로 집에 돌아오곤 했다. 지금 사는 집은 우리가 지낸 집 중 가장 좁다. 복도도 집도 이렇게까지 좁았던 곳이 없었다. 좁은 복도에 네 개의 원룸 현관문이 있어 고양이보다 내가 더 긴장한다. 누가 문을 열어서 서로 놀라면 어떡하나. 조바심을 내며 산책하는 고양이의 뒤를 따른다. 고양이는 아래층과 위층까지만 간다. 두 층만 더 올라가면 옥상으로 향하는 문이 있다. 옥상에 데리고 나가볼까, 싶은데 번번이 생각만 하고 실행하지 못했다.

고양이 세 마리와 사는 여자를 만났던 적이 있다. 세 마리는 다 길에서 온 녀석들이었다. 아픈 길고양이들을 집으로 들여 치료해주곤 했는데 그중에 눌러앉은 고양이가 세 마리다. 그는 늘 창문을 열어둔다고 했다. 고양이들은 열린 창을 통해 밖과 안을 오간다. 보통은 산책을 하고 집으로 돌아오지만, 돌아오는 횟수를 줄이다가 영영 돌아오지 않은 고양이도 있었다. 다른 곳에 갈 곳을 정해 그곳으로 이사를 했을 거라고 했다. 서운하지 않느냐고 물었더니 "원래 길이 고향인 애들인걸요. 치료가 끝났으면 떠나는 게 맞죠. 원하면 더 머무를 수 있지만, 떠난다고 잡아둘 순 없을 것 같아요. 그보다는 다치지 않고 건강하게 잘 지냈으면 좋겠어요".

고양이와 살게 되니 그 이야기가 자주 생각난다. 나와 사는 고양이도 길에서 구조되었다. 아파서 어미가 버리고 간 걸 누군가 구조하고 몇 사람을 거쳐 내게 왔다. 길에서 죽어가던 고양이가 인간의 집에서 살게 된 일이 그에게는 비극일까 희극일까. 창문을 열어주거나 옥상에 같이 서 있는 상상을 해보지만 매번 상상에 그친다. 아직은 불가능한 일이라고 고개를 젓는다. 주변 고양이들과 다투거나 차 사고가 나는 등의 걱정을 하기도 하지만 사실, 가장 큰 두려움은 고양이가 집으로 돌아오지 않는 것이다.

믿음은 어떤 순간에 생기는 걸까. 견고한 믿음은 어떻게 깨지는 거지. 사랑은 창을 열어주는 것일까. 돌아온다고 믿는 일을 사랑이라 부를 수 있을까. 돌아오지 않는 이의 안녕을 바라는 것은 사랑일까. 어떤 것에도 명확한 답을 내릴 수 없다. 다만 이 고양이가 처음 우리 집에 왔던 날부터 지금까지. 그러니까 우리가 어색하게 서로를 쳐다보고, 복도를 산책할 수 있게 문을 열어주고, 시간을 들여 뒷모습을 바라봐주고, 문 앞에서 누군가를 기다리기도 하고, 여전히 무엇이 서로를 행복하게 하는 일인지를 고민하는 시간 사이에 답 비슷한 게 있었을지도 모르겠다. 언젠가 우리가 더 긴 산책을 할 수 있으면 좋겠다. 그때는 답을 달지 않아도 알고 있는 일들이 조금 더 생길 수 있을까.

"저는 그 부분을 읽고, 인간이란 둘이 산책하고 싶어서 결혼하는 게 아닐까 하는 생각도 했었습니다. 산책이라는 것은 생활의 짬이라고 생각합니다. 애인이나 연인과 하는 산책은, 장소를 정하고 약속을 하고 만나서 나서는 것이기에, 데이트나 여행은 되지만 산책은 되지 않습니다. 거기엔 생활이 없으니까요. 좋아하는 사람과 함께하는 일상생활에서의 짬이 필요하다고 느끼는 것이, 곧 그 사람과 결혼하고 싶다는 것이 아닐까요. 빈사상태의 연로한 작가가 '어디 한군데 아픈 곳이 없고, 둘이 동네를 걸을 수만 있다면, 그것 말고 더 바랄 것이 없다'라고 한 것은, 모든 것을 다 털어낸 최후의 산책일지도 모르겠습니다."

타니구치 지로, 『우연한 산보』 중에서

〔 매일 한자리를 지켜보는 〕

산책

겨울이었다. 외로운 겨울이었다. 혼자 남겨진 이유를 알 수 없었지만 누구에게 물을 수도 없어서 혼자 있었다. 아침에 눈을 뜨면 움직이지 않고 천장을 봤다. 얼마간 그렇게 있다가 시계를 보면 자꾸 시간이 지나는데 그게 그렇게 밉고 무서웠다. 벌떡 일어나 대충 씻고 도망치듯 집을 나왔다. 그런 일도 몇 번을 반복하면 일상이라 부를 수 있는 걸까. 몇 번 반복하니 얼추 일상 같은 게 되었다. 매일같이 집을 나서도 딱히 갈 곳은 없었고 번번이 작업실에 갔다. 양말을 두 겹씩 신어야 할 정도로 추웠지만, 굳이 걸어서 갔다. 걸어야 했다.

집에서 작업실로 가는 길에는 천막으로 만들어진 포장마차가 하나 있었다. 주름이 많고 얼굴형이 네모난 할머니가 운영하는 포장마차. 처음에는 무심하게 지나쳤지만 여러 번 지나다 보니 나도 모르게 그 가게에 대해 아는 것들이 생겨났다. 천장은 초록색 천막이고 벽은 주황색 천막이다. 양 옆에는 자크가 달려 있기에 손님은 나름의 문을 열고 안으로 들어간다. 점심 즈음 문을 열고 초저녁에 문을 닫는다. 주로 혼자 오는 사람들이 자리를 차지하고 있다. 떡볶이와 어묵을 팔고 한쪽에는 자그마한 티브이가 있다. 소주도 파는데 맥주나 사이다도 파는지는 모르겠다.

쫓기듯 집을 나오는 일처럼 걸으며 포장마차를 확인하는 일도 일상 비슷한 게 되었다. 눈이 내리던 날, 포장마차가 가까워지자 '오늘은 닫았겠지' 하며 골목을 돌았는데 불이 켜져 있었다. 한파가 온 날이나 폭설이 내린 날도 마찬가지였다. 유독 추운 날에는 나도 모르게 '오늘은 닫혀 있어라' 주문을 외우며 걸었다. 포장마차는 매일 열었다. 속이 상했다. 왜 매일 여는 걸까. 잠시 걷는 것도 억울할 날씨에 왜 천막 안에서 떡볶이와 어묵, 소주를 파는 거지.

어느 날에도 포장마차가 닫혀 있길 바라며 그쪽으로 걷다가 할머니 얼굴이 떠올랐다. 포장마차 할머니가 아니라 주름이 많고 얼굴형이 네모난 나의 할머니. 우리 할머니. 할머니가 살던 시골에서는 매달 오일장이 열렸고 그녀는 자신이 키운 작물을 시장에 내다 팔았다. 비가 오나 눈이 오나 시장에 갔고 엄마는 할머니와 전화통화를 할 때마다 그 일을 다그쳤다. "어머니는 고집도 참." 어린 나는 옆에서 "엄마, 고집이 뭐야?"라고 물었고 엄마는 내 입술에 검지를 가져다 대며 통화를 계속했다. 그때는 고집이란 말이 궁금해서 고개를 갸웃거렸지만, 단어의 의미를 알고 있는 지금도 고개를 흔들곤 한다.

할머니는 어떤 사람이었을까. 내 기억 속 할머니는 혼자 미소를 짓거나 말이 아닌 것 같은 말을 자주 했다. 수건돌리기의 술래가 등 뒤에 수건을 놓는 것처럼. 겨울에 밥통에서 우유가 든 컵을 꺼내 줄 때도 그랬고, 자신의 버선 뒤에 숨겨둔 돈을 꺼내 쥐여줄 때도 비슷한 모양이었다. 누가 무슨 말을 해도 의견 같은 것을 말할 줄은 모르고 그저 "몰러~"라고 얼버무리는 물렁물렁한 사람. 할머니를 관찰하면 할수록 나는 '고집'이란 말이 무엇인지 헷갈렸다.

그렇게 걷다 보니, 어느새 또 포장마차 앞을 지나고 있었다. 포장마차 할머니는 그날도 거기 있었다. 그 자리를 지켜야 하는 이유는 뭘까. 우리 할머니와 포장마차 할머니에게 같은 질문을 하고 싶었지만, 나는 때로 지나치게 용기가 없다.

봄이 올 무렵에는 포장마차에서 세 걸음 정도 떨어진 곳에 공중전화 박스가 있다는 걸 알아차렸다. 포장마차 말고 다른 것이 길목에 있다는 걸 알기까지 한 계절이 걸렸다. 그 봄에는 작업실을 뺐다. 이제는 포장마차가 있는 골목을 지날 일이 거의 없다. 조금만 걸어도 땀이 나는 계절이 와서 그런지 요즘은 잘 걷지도 않는다. 대신 샤워하고 에어컨 바람을 쐬며 침대에 넓게 눕는다. 배를 긁적이며 그 겨울의 골목을 생각하면 오랜 산책을 한 사람처럼 까무룩 잠이 들곤 한다.

"그 길을 말수 없는 그 소년과 걷다 보니 문득 끝없는 외로움에 익숙해지고 그럭저럭 잘 견뎌낸 한 사람의 표정이 보였다. 좋은 계절에 있지만 머물지 않는 사람들의 산책 속에서, 머물고 있지만 가장 먼 곳까지도 갈 수 있는 그의 외로움이 멋질 수 있다는 생각을 했다."

김종관, 『골목 바이 골목』 중에서

〔 감자튀김을 오물거리며 〕
산책

몇 년 전의 일이다. 이른 아침, 잠에서 깼고 갑자기 감자튀김이 먹고 싶었다. 침대에서 꿈틀거리다가 참을 수가 없어 밖으로 나왔다. 집에서 가까운 패스트푸드점에 슬리퍼를 질질 끌고 들어가 감자튀김 라지 사이즈를 주문했다. "더 주문할 것은 없으세요?" 주문 받던 점원이 물었고 나는 메뉴를 찬찬히 훑어보았다. 아무래도 더 먹고 싶은 것은 없어서 빨대함을 만지작거리면서 감자튀김만 달라고 작게 대답했다. 빨간 박스에 담긴 감자튀김을 받아 가게에서 나왔다. 집에 가서 먹을 생각이었는데 고소한 기름 냄새에 못 이겨 '하나만' 꺼내 먹기 시작했다. 빠르게 걸었는데도 집에 도착했을 때는 감자튀김이 하나도 남아 있지 않았다.

어쩐 일인지 다음 날도, 그다음 날도, 그다음 날에도 눈을 뜨자마자 감자튀김이 먹고 싶었고 아침마다 패스트푸드점에 갔다. 조급하게 걸으며 먹는 일도 자꾸 반복되었고 언제부턴가 집에서 먹겠다는 생각을 포기했다. 감자튀김을 먹으며 동네 어귀를 어슬렁어슬렁 걸었다. 여유롭게 걸으며 먹으니 더 맛있었다. 아침 공기와 감자튀김의 기름진 맛을 동시에 느끼는 것은 내 아침의 중요한 일과가 되었다.

상수역 근처에 살던 때도 오물거리는 아침 산책을 즐겼다. 상수동은 조금만 걸으면 한강이 나오기에 아침 산책을 즐기기에 더없이 좋은 동네였다. 거기다가 상수역 근처에는 맛있는 유부 김밥을 파는 식당이 있었다. 그 동네에 살 때는 김밥과 그 앞 카페의 커피를 사서 상수나들목 쪽으로 가는 루트를 좋아했다. 상수역에서 한강에 갈 때까지 잠시 참았다가 굴다리를 지나 한강이 보이면 김밥을 꺼내 포일을 벗겼다. 커피는 겨드랑이와 옆구리 사이에 잠시 껴두고(감자튀김을 먹던 시절에는 이 기술이 없었다.) 김밥을 하나씩 집어 먹었다. 목이 마르면 겨드랑이에서 커피를 꺼내 마셨다. 기름 묻은 손끝을 어쩔 줄 몰라 어정쩡하게 펼쳐 두고 마지막 꽁다리 김밥을 보며 아쉬워할 때가 오면 집 쪽으로 걸음을 옮겼다.

그렇게 무엇인가를 먹으며 산책을 하는 아침이 있었다. 감자튀김을 아침마다 먹다 보면 질리는 시기가 왔다. 꿀떡도 그랬고, 유부 김밥도 그랬다. 지겨워지면 또 다른 게 먹고 싶어졌고 그때마다 먹고 싶은 것을 먹었다. 무엇인가를 입에 넣고 오물거리며 천천히 걸을 수 있는 아침이 있었다는 게 지금은 꿈 같기도 하다. 요즘은 회사에 다녀서 아침 산책을 할 순 없지만 종종 그때를 생각한다. 그런 아침도 있었지.

그런 식의 아침 산책을 왜 자꾸 했던 걸까. 이유는 잘 모르겠지만, 그렇게 오물오물거리며 걷다 보면 잊어야 할 것들을 잊게 될 때가 있었다. 운이 좋으면, 기억해야 할 것을 발견하기도 하고.

"하지만 자살하고 싶진 않았다. 그녀는 세상과 사람들을 너무 좋아했으므로. 오후 늦게 천천히 산책을 하면서 주변 광경을 관찰하길 좋아했다. 초록빛 바다, 노을, 해변에 널려 있는 조약돌을 좋아했다. 가을에 나오는 빨간 배의 단맛, 겨울밤 구름 사이에서 빛나는 둥근 보름달을 좋아했다. 침대의 포근함, 한번 잡으면 멈출 수 없이 읽게 되는 훌륭한 책을 좋아했다. 이런 것을 즐기기 위해서 영원히 살고 싶었다."

줌파 라히리,

『이 작은 책은 언제나 나보다 크다』 중에서

〔 울음이 터져버린 〕
산책

두 번째 회사에 다닐 적에 이주연이라는 아나운서가 진행하던 라디오 프로그램을 자주 들었다. 본방송은 새벽 세 시라 들을 수 없었고 다시 듣기로 출퇴근길에 들었었다. 다니던 직장을 그만둔 뒤로는 어쩐지 다시 들을 일이 없었는데, 몇 년 만에 회사에 다니게 되니 그 방송이 떠올랐다.

회사원에게 출퇴근 시간이 별거 아닌 것 같아도, 그때 듣거나 보는 것에 따라 사는 세계는 좁아지기도 하고 넓어지기도 한다. 세계를 넓혀주는 일은 보물찾기처럼 요리조리 찾아봐야 겨우 발견할 수 있는데 그 라디오 방송이 내게는 그런 것이었다.

오랜만에 찾아 들은 방송은 애석하게도 마지막 방송이었다. 디제이는 '2001년에 시작한 이 프로그램이 오늘 마지막 방송'이라는 걸 알려주며 오프닝을 시작했다. 2001년부터 지금까지 내가 했던 많은 일이 떠올랐다. 이사만 아홉 번을 다녔고, 학교도 네 군데나 옮겨 다녔고 직장도 세 군데나 다녔다. 그 시간 동안 반복하고 있는 일은 아무것도 없다고 해도 과장이 아니다. 그런 나로선 가늠하기 어려운 시간이었다. 디제이는 그때부터 지금까지, 새벽 세 시에는 늘 한자리에 앉아 있었던 거다.

"<이주연의 영화음악> 마지막 방송 함께하고 있습니다. 제가 담담하게 하고 싶다고 말씀드렸는데, 반이 좀 지났어요. 아직까진 잘하고 있죠? 여러분이 제 목소리가 따뜻하다는 말씀을 많이 해주셨어요. 그런데 사실 저는 표현이 뜨겁고 호들갑스럽기보다는 좀 담담한 편이라 평소에 그렇게 따뜻하다는 얘기를 많이 듣지는 못하는 편이에요. 영화 음악 하면서 제일 많이 들었을 수도 있습니다. 어쩌면."

이 부분을 듣다가 울음이 터졌다. 왜 울음이 터졌는지, 이유를 알 수 없어 놀랐다. 주저앉아서 울거나 어딘가에 앉아서 울면 지각을 면할 수가 없었기에, 이상한 눈물을 훔치며 출근길을 걸었다.

그럴 때가 있다. 슬픔이 애매하게 돌아다니는데 알아차리지 못하고 계속 어딘가에 그걸 둔 채로 꾸역꾸역 살다가, 엉뚱한 곳에서 울만 한 일이 생기면 그대로 엉엉 울게 될 때가. 그렇게 울고 나서야 자신이 그동안 슬펐다는 것을 알아차리게 된다. 요즘은 사실 울고 싶었다. 울고 있던 아침에는 몰랐고, 이 밤에 오늘 일을 이렇게 적고 있으니 알 것 같다.

라디오에는 정말이지 많은 사람의 이야기가 있다. 듣고 있으면 귀가 밝아진다. 못 듣던 소리를 듣게 되기도 하고, 몰랐던 소리를 이제는 알 것 같다고 생각하게 되기도 한다. 라디오 속의 사연들은 사는 일을 복잡하게 만들지 않는다. 자극적인 사연으로 누군가를 괴롭히는 일도 드물다. 평소에는 관심도 없었을, 오늘 스쳐 지났을지도 모르는 사람들의 이야기도 어디 한 번 들어보게끔 만든다. 그 과정에서 나는, 자주, 내가 얼마나 못된 인간인지를 확인하곤 한다. 한없이 작아진 마음으로 출근길에 꽉 물었던 어금니의 힘을 빼기도 하고, 숨어 있던 설움을 조금은 누그러뜨린다.

"새벽 세 시에 라디오를 듣는 사람이 얼마나 될까요?" 디제이는 이런 질문을 받아본 적 있을까. 나는 책을 만들며 "요즘 같은 때에 책을 읽는 사람은 얼마나 될까요?"라는 질문을 종종 받았고 대수롭지 않게 여겼었다. 딱히 통계를 찾아보거나 확인해본 적은 없지만, 적지 않을 거라 믿고 있다. 질문한 이에게는 미안하지만 내 눈앞이나 귓가에 그것들이 존재하는 한, 고심해서 답할 만한 질문이 아닐 거라 여긴다.

요즘은 공감 능력이 조금 떨어지는 초보 디제이의 방송을 듣는다. 주로 퇴근한 뒤에 씻고 누워 생방송으로 듣는다. 누군가의 사연을 애써 공감해주려고 노력하는데 전혀 공감하지 못하는 게 티가 나서 웃긴 프로그램이다. 나 역시도 공감 능력이 빼어나지 않은 사람이라 그 부분이 좋아서 듣기 시작했다.

매일 밤, 그 방송은 내 안에 어지럽게 있는 단어들을 단순한 방식으로 맞춰주곤 한다. 어떤 일이 매일 같은 자리에서 담담하게 일어나고 있다는 사실만으로도 안심이 되는 것은 왜일까. 이렇게나 복잡한 서울에서 서툰 위로, 누군가의 이야기를 전해 들을 수 있는 일이, 돋보이지 않는 자리에 머물러주어 고맙다.

어디서든, 새벽 세 시를 지날 때면 이주연 아나운서가 행복해지기를 바란다.

"테오에게

이번에 네가 다녀간 것이 얼마나 기쁜 일이었는지 말해주고 싶어서 급히 편지를 쓴다. 꽤 오랫동안 만나지도, 예전처럼 편지를 띄우지도 못했지. 죽은 듯 무심하게 지내는 것보다 이렇게 가깝게 지내는 게 얼마나 좋으냐. 정말 죽게 될 때까지는 말이다.

우리가 함께 보낸 시간은 우리 두 사람 모두 아직은 산 자의 땅에 있다는 걸 확인시켜 주었다. 너와 함께 산책을 하니 예전의 감정이 다시 살아나는 것 같았다. 삶은 좋은 것이고 소중히 여겨야 할 값진 것이라는 느낌 말이다.

근래 내 생활이 더 보잘것없어지면서 삶 자체가 별로 중요하지 않다는 비관적인 생각에 젖어들기도 했다. 그러나 너와 함께 보낸 시간 덕분에 그런 생각을 떨쳐버리고 유쾌한 기분을 되찾을 수 있었다.

우리가 살아가야 할 이유를 알게 되고, 자신이 무의미하고 소모적인 존재가 아니라 무언가 도움이 될 수도 있는 존재임을 깨닫게 되는 것은, 다른 사람들과 더불어 살아가면서 사랑을 느낄 때인 것 같다."

빈센트 반 고흐, 『반 고흐, 영혼의 편지』 중에서

〔 비밀스러운 〕

산책

"방금 말한 건 비밀이에요." 몰래 누군가를 좋아해온 일을 옆에 있던 이에게 털어놓았다. 말하자마자 '몰래 누군가를 좋아하는 마음'이 반 토막 난 것 같은 느낌이 들었다. 폭로되는 것만으로도 믿고 있던 감정이 반절로 쪼개질 수 있다는 것을 몰랐던 내 입을 틀어막고 싶었지만 이미 늦어 있었다. 아침만 해도 떨렸던 마음이 비밀을 털어놓은 점심 뒤로는 '사실 그 정도로 좋아한 것은 아니었지'가 되어버렸다. 비밀은 비밀 안에 있어서 소중한 걸까. 소중해서 비밀이 된 걸까. 긴 시간 간직해온 마음을, 말함으로써 잃어버리기도 한다. 분위기에 취해, 함께 있던 이가 주는 안도에 반해, 요즈음 가장 소중하던 비밀 하나를 잃어버렸다.

　비밀을 잃고 집으로 향하는 길이 내내 막막했다. 그게 뭐라고 이렇게 허무하고 텅 빈 기분이 되는 것인지…. 집 대문을 들어서다가 돌아 나왔다. 그렇게 들어가면 잠들지 못할 것 같았다. 근처 공원 벤치로 가서 멍하니 앉아 있다가 휴대폰 일기장을 꺼내 '비밀'을 검색해봤다.

2013년 9월 20일

　연인 사이엔 비밀이 있어야 한다고 생각하는 편이다. 내게도 애인에게 말 못 하는 비밀이 있다. 앙큼한 것이라 함께 늙게 된다면, 언젠가 같은 곳을 바라보다가 말해주고 싶다. "영감, 있잖아. 50년 전인가. 그날 있지. 사실 내가…." 그러면 애인은 "여우!" 하며 웃거나 이미 알고 있었다며 웃겠지. 어떤 식으로든 끝엔 웃을 것 같다. 우리 사이에 벌어지는 모든 일이 그렇듯.

　일본에서 비슷한 유의 비밀이 생겼었다. 혼자만 알고 싶은 우스운 것. 애인은 내가 말하지 않았더라면 평생 몰랐을 것이다. 입이 근질거려 간직하지 못하고 폭로했다. 억울했던 그는 비슷한 비밀을 말해줬다. "내가? 아니야! 그럴 리 없어"라고 소리 지르며 얼마나 웃었는지 모른다. 말할 땐 즐거웠지만 역시 아껴둘 걸 그랬다. 나이 들고, 이가 빠지고, 머리가 하얗게 변했을 때, 그때 우린 어떤 이야기를 나누고 있을까. 꺼내려다 멈칫하고 아껴두는 이야기가 있다. "나중에 해줄게." 다음에, 나중에, 먼 훗날에 할배 되면 그때 들려줄게. 아파서 병원에 입원해 있는 나를 상상해본다. 그때 애인이 옆에서 슬픈 표정을 지으면 모아둔 비밀을 하나씩 폭로하며 웃어야지. 불안하고, 위태롭고, 어지럽고, 복잡하지만, 아름다웠던 젊은 시절을 함께 지나왔다는 '사실'을, 커다란 훈장처럼 떠받들며 같이 늙고 싶다.

햇볕 좋은 어느 날이었다. 여느 때와 다름없이 침대에 누워 혼자 종알거리고 있는데 그가 말했다. 할아버지가 되어서도 내가 옆에서 어떤 이야기를 들려주면 살 만할 것 같다고. 그러면 음악이나 영화 없이도 살 수 있을 거란(책은 원래 안 읽으니까.) 오그라드는 얘길 되게 담백하게 해줬다. 그 이야기를 잊지 않고 있다. 늘 함께여서 많은 얘길 나누고 있지만. 그래도 틈틈이 몇 이야기를 비밀처럼 모으고 모아 반복되는 대화가 지겨워질 무렵에 들려줘야지. 애인은 지금처럼 멀뚱히 앉아서 웃어주기만 한다면야 더 바랄 것이 없겠다. 아니다. 그땐 코는 안 골면 좋겠다. 비행기에서 남사스러워 죽겠네. 모르는 사람인 척 등을 살짝 돌리고 이어폰을 꽂고 일기를 쓰고 있다. 이것도 아껴뒀다가 나중에 말해 줘야지. "내가 그때 오빠 코 골며 잘 때, 쌩깠어!"

2017년 10월 9일

　이렇게 못된 인간인 내게 몇 안 되는 좋은 점이 있다면, 친구 자신과 그의 비밀을 판단하지 않는다. 이미 사랑하게 되어버린, 친구라 부르는 사람이라면 그들이 어떤 인간이든, 만들어낸 비밀에 얼마큼의 결함이 있든, 잣대를 들이밀지 않는다. 도덕적, 사회적, 관념적으로 날카로운 자 같은 건 내가 할 일이 아니라 여겨진다. 사람을 죽였다고 해도 나는 그들의 편에 설 것이다. 내가 할 수 있는 일은 그들의 비밀을 소중히 간직하고, 비밀이 그들을 앓게 하거나 곪게 할 때, 그 곁에 가만히 앉아 있어주는 것뿐이다.

2017년 8월 15일

그는 어떤 이야기를 듣더라도 두려워하거나 도망가지 않을 것처럼 보여 내게 안락함을 주었다. 나처럼 맹수 같은 인간도 평온하게 맞아주고, 믿어 주면 그저 한 마리의 고양이가 될 수 있다. 믿음을 주면 되돌아온다는 걸 잘 아는 사람이, 강압적이지 않고 방어적이지도 않게, 조용하고 부드럽게, 오래도록 사랑을 준다면 어떤 일이 벌어질까. 상상하는 일처럼 말하고 있지만 이미 알고 있는 일이다. 언젠가 일어났던 기적이, 선물 같은 사람이, 내게 다시 올 수 있을까.

어제는 공항 버스 정류장에 앉아 "나도 울타리를 갖고 싶다"라고 중얼거렸다. 자꾸 혼잣말이 늘어난다. 온전하고 안전하고 완전한 울타리 안에서 안정을 찾고 싶다. 쓰고 보니 욕심이 너무 많나. 그렇다면 딱 하나, 온전함만 있으면 좋겠다. 온전한 마음. 비밀을 좋아하지만, 비밀을 믿을 순 없는 거니까.

다 읽고 나니 슬픔이 조금 가셨다. 그렇지. 그 랬지. 언젠가의 내게는 이런 비밀들이 있었지. 그 래. 오늘의 비밀 하나를 잃어버려도 지금껏 간직해 온 비밀들이 있다. 앞으로 생겨날 비밀도 더 있을 거고. 가벼워진 마음으로 벤치에서 일어났다. 수박 주스를 하나 마시며 '지금부터 비밀의 반대편으로 걸어볼까' 다짐하며 다시 걷기 시작했다.

"나는 간판을 읽으며 그 주인을 상상해보기도 했다. 저 식당의 주인은 분명 수염이 덥수룩한 사내일 거 야. 저 슈퍼마켓의 주인은 실한 몸집에 웃는 인상일 거야. 저 식당은 살가운 부부가 일하는 곳이겠지. 저 이발소에서는 안경을 쓴 나이 든 이발사가 일하고 있 을 거야… 한밤중에 산책하던 거리를 대낮에 돌아 다니다가 간판의 실제 주인을 대면하기도 했다. 간 혹 내가 상상했던 모습과 흡사한 주인을 만나기도 했 지만, 대개는 전혀 다른 얼굴이 나를 맞이하곤 했다. 그런 건 아무래도 좋았다."

유병록 외, 『시인의 사물들』 「간판」 중에서

〔 어색하게 불러보는 〕

산책

덥다. 생각하면 할수록 속상해질 정도로 덥다. 그렇게나 덥지만 날씨를 느낄 틈이 많지는 않다. 종일 에어컨이 나오는 회사 안에 있고 이동할 때는 걷는 동선을 최소화해주는 교통수단을 이용한다. 더위 덕분인지, 날씨를 느낄 틈 없이 바쁜 하루 덕분인지, 요즘은 생각이라는 것을 제대로 할 겨를이 없다. 행복이나 슬픔, 외로움 같은 단어가 멀리 있고 마음이나 머리에 든 것이 무엇인지 잘 모르겠다.

매일 같은 시간에 출근해서 그날 주어진 일을 착실하게 해나갈 뿐이다. 그렇게 지내다 보면 하루는 빠르게 지나간다. 야근을 끝낸 뒤, 집에 오면 고양이가 등을 돌리고 앉아 있다. 고양이 등을 두드리고 남은 힘을 짜내 그와 놀고 나면 졸음이 쏟아진다. 침대에 눕자마자 잠이 든다.

그나마 더위를 느끼고 온전히 나에 대해 생각하는 시간은 퇴근할 때다. 그때라도 걷지 않으면 움직임이 거의 없어서 더위도 꾹 참고 걷는다. 회사에서 집으로 돌아가는 길은 회사에 다니기 전에도 자주 걷던 곳이다. 그때는 산책길이었는데 지금은 퇴근길이 되어버렸다. 산책이라 부르기는 어색한 일이지만 굳이 산책이라 부르고 나면 마음이 편안해진다. 오늘도 그 길을 따라 산책(퇴근)했다. 언젠가 다른 이름을 가졌던 길을 따라 걷다 보니 이전에 있었던 일이 하나 떠올랐다.

춘천의 한 책방에 취재를 갔었다. 인터뷰가 끝나갈 무렵 서점 주인에게 "요즘 가장 행복한 일이 뭐예요?"라고 물었다. 여자는 벽에서 엽서 두 장을 떼어왔다. 다른 나라로 휴가를 떠난 손님들이 그의 책방으로 보내준 편지들이었다. 그들이 자신을 생각해주는 일이 행복하다고 말하며 내 행복은 무어냐고 되물었다.

    별다른 망설임 없이 수영장에서 일어나는 일을 묘사했다. 수영 수업이 끝나면 선생님은 풀장 안의 사람들을 하나로 모았다. 물속에서 동그랗게 선 다음, 옆 사람의 손을 잡고 "파이팅!"을 외치고 수업이 끝났다. 그게 그렇게 좋았다. 잘 모르는 사람들의 손을 물 안에서 잡는 느낌도 그렇고 수업이 끝난 뒤에 어디에 닿을지 모를 파이팅을 허공에 외치는 일도 그러했다.

"일상을 행복한 시선으로 보시는 것 같아요"라
고 서점 주인이 말하기에 목 언저리를 긁적거리다
가 "매번 그렇진 않고요. 요즘 좋아하는 사람이 있
거든요. 그 친구에게 기분 좋은 이야기를 들려주고
싶어서 하루를 부지런히 기웃거리며 지내요. 오늘
밤에 통화할 때는 무슨 얘기를 해야 이 친구가 지
친 하루 끝에 웃으면서 잠들 수 있을까, 하면서요.
그러다 보니 누가 행복을 물어도 망설임 없이 설명
할 수 있나 봐요. 이번 여름의 행복은 아마 다 그
사람 덕분일 거예요."

미소를 지은 그는 손님용 노트를 꺼내왔다. 방명록처럼 여러 사람이 책에서 좋았던 구절이나 메모를 남기는 것이었다. 어느 손님이 남긴 메모가 내 얘기와 비슷해서 보여주고 싶다며 한 페이지를 펼쳐줬다. 누군가 이렇게 적어두었다. '비가 온다. 네게 말할 게 생겨서 기뻐. 비가 온다구!'

그날의 대화를 생각하며 걷다 보니 집에 도착했다. 이전에도 몇 번이나 같은 길을 걸어 집으로 돌아왔을 거다. 그런데 그때 내가 알고 있던 기쁨이 뭐였더라. 오늘의 사소한 일을 좋아하는 사람에게 들려줄 때의 행복은 또 뭐였지. 도통 기억이 나질 않는다. 도무지 감정을 알 수 없는 이 어리둥절한 상태는 바쁜 일 덕분일까, 사랑이 없어서일까. 그 모든 이유 때문이라면 언젠가 다시 비슷한 감정을 느끼게 될까. 그런 생각을 하며 고양이 밥그릇에 간식을 수북하게 담아주고 욕실로 들어갔다. 땀에 젖은 옷을 허물처럼 벗어 던지고 시원한 물에 샤워를 했다. 수건으로 머리를 털다가 "아, 행복해"라고 소리 내어 말해버렸다. 앞에서는 고양이가 그런 내 모습을 멀뚱히 봐주고 있었다.

"점심을 먹고 서류 작업을 계속하기 전에 산책하곤 했던 것 기억나오? 가끔 그쪽으로 걷기도 했잖소. 잠시 걷다가 당신이 말했지. 벤치에서 좀 쉬었다 가요, 라고. 이미, 당신은 그렇게 빨리 지치곤 했지. 특히 북풍이 불어, 돌아오는 길에 바람을 맞으며 걸어야 할 때면.

우린 벤치에 앉았지. 그 벤치엔 뭔가 신기한 구석이 있었소. 엉덩이를 대고 앉는 부분이 너무 높았던 거지. 우리 어른 둘이 앉아도 발끝이 겨우 땅에 닿을 듯 말 듯했으니까.

거기에 다리를 흔들며 앉아, 이렇게 높게 벤치를 만든 이유가 뭘까 궁금해하며 그 부조화가 재미있어서 웃었지. 아침 여덟 시에 거기에 가본 적은 없으니까 아이들이 어떻게 반응하는지는 알 수 없지만.

지금도 가끔 운전하며 그 벤치를 지날 때면, 다리를 흔들며 앉아 있는 우리의 모습이 보인다오. 마치 영원함 위에 앉아 있는 것처럼."

　　　　존 버거·이브 버거, 『아내의 빈 방』 중에서

〔 시시한 줄 알았던 〕

산책

"너는 태몽이 뭐였어?" "꽃. 아주 예쁜 꽃. 우리 할머니가 절벽에서 분홍색 꽃을 봤는데 너무 예뻐서 꺾을까 고민하다가 그냥 뒀대. 꺾으면 나쁜 꿈이라고 하던데 안 꺾어서 다행이었지." "어? 나도 외할머니가 꿔주셨는데 내 태몽도 꽃이었어! 근데 좀 웃긴 게 쪽파꽃이었어. 외할머니가 쪽파 씨앗을 심었는데 거기서 꽃이 폈대. 우리가 방금 본 건 대파꽃이었지? 쪽파꽃 본 적 있어?" "아니? 어떻게 생겼지?" "글쎄. 대파꽃이랑 비슷하지 않을까. 한 번도 찾아본 적 없어서 나도 몰라."

친구와 나는 속초의 어느 골목을 산책하고 있었다. 무너진 담 너머로 대파꽃 무리를 발견했고 한동안 멈춰 서서 구경했다. 괜히 내 태몽을 들려주고 싶어서 친구의 태몽을 먼저 물었는데 속셈이야 어찌 되었든 잘한 일이었다. 그도 나처럼 할머니의 꿈에서는 세상 어느 꽃보다 아름다웠다는 사실을 알게 되었으니.

어릴 적에 '쪽파꽃 태몽'을 검색해본 날이 있다. 수업 시간에 자신의 태몽을 발표했는데 40여 명의 친구 중 쪽파꽃을 말한 사람은 없었다. 누구는 용이고, 호랑이고, 파랑새였는데 나는 파였다. 대파도 아니고 쪽파. 친구들이 "쪽파가 뭐냐 쪽팔리게!"라고 놀렸다. '태몽 따위 없다고 할 걸 괜히 말했어' 생각하며 집에 와서 컴퓨터 앞에 앉았다. 검색해보니 드물게 쪽파나 쪽파꽃이 태몽이란 사람들이 있었다. 묘한 안도를 느꼈지만 정작 그 '꽃'이라는 게 어떻게 생겼는지는 궁금하지도 않았다. 나만 이런 시시한 태몽을 가진 게 아니란 사실을 확인했으니 곧바로 모니터를 꺼버렸다.

속초 바다와 낮은 담을 옆에 두고 친구와 걷는 내내 쪽파꽃 생각이 떠나질 않았다. 서울로 돌아오는 버스에서 스마트폰으로 '쪽파'를 검색해봤다. 백과사전을 확인하다가 몰랐던 사실을 몇 알게 되었다. 쪽파는 씨앗에서 자라는 채소가 아니고 마늘처럼 생긴 씨쪽파를 심으면 거기서 자란다고 한다. 대파나 부추 같은 것들은 모든 포기가 꽃을 피우는데 쪽파는 전체 중 극히 일부만 꽃을 틔운다. 블로그를 검색해보니 어떤 사람이 쪽파 무리에 꽃이 핀 것을 발견하고 '대낮에 발견한 반딧불이 같았다'라고 써두었다. 그가 올려준 사진 덕분에 처음으로 쪽파꽃을 보았다.

엄마에게 태몽을 물었을 때, 왜 엄마는 쪽파꽃이 어떻게 생겼는지 말해주지 않았던 걸까. 쪽파꽃은 꽤, 아니 몹시 귀여웠다. 어릴 적에 봤어도 귀엽다고 생각했을까. 잘 모르겠다. 아무튼, 뒤늦게 외할머니의 시시한 꿈이 좋아졌다. 모두에게 사랑받을 모양은 아니겠지만, 산책하다가 우연히 이 꽃을 발견한 누군가나 씨쪽파를 심어본 이에게는 커다란 기쁨이 될 수도 있을, 쪽파꽃이었다.

쪽파꽃 태몽을 창피하게 여기던 즈음에는 엄마나 할머니가 왜 자연을 두고 감탄하는지 이해할 수 없었다. 쪽파꽃이 다 쪽파꽃인데 할머니와 엄마가 자꾸 '아주 예쁜 쪽파꽃'이라고 강조할 때도 시큰둥했다. 산이나 들을 산책하다가 쭈그리고 앉아 낮은 꽃들을 들여다보며 "좋다"고 말하는 어른들과 걷는 일은 재미없었다. 그들은 거기에 두고 빨리 집에 가고 싶은 마음뿐이었다. 그랬던 내가 엄마나 그의 엄마가 보여주었던 모양새로 쭈그리고 앉아 말 없는 것들을 본다. 그냥 보는 거로는 부족한지 혼잣말로 "좋다"고 되새김질을 하면서.

사소한 일이라는 게 있기는 한 것일까. 한 사람 안에서 사소했던 일이 점차 거대해지고, 한때는 거대하다 여긴 일들이 한없이 사소해지기도 하는 시간을 매일, 성실하게 걸어가고 있다. 이전에는 몰랐던 작은 꽃을 보며 감동하는 마음이 아줌마나 할머니가 되어가는 일에 포함되는 거라면, 어디한 번 기꺼이 늙어볼 참이다.

"이제 산책을 하면서 산발치에 있는 우리가 사는 도시를 내려다보아야겠다고 생각했다. 산책하는 것도 얼마간 기쁜 일이다. 어릴 때 같았으면 산책 같은 걸 할 생각도 떠올리지 않았을 것이다.

사내아이는 산책이란 걸 하지 않는다. 사내아이가 산속으로 들어갈 때는 도둑이나 기사, 혹은 인디언이 되었을 때다. 강으로 갈 때면 뗏목꾼이나 어부 또는 방앗간 짓는 목수가 되어 가는 것이며 초원을 누빌 때 영락없이 나비나 도마뱀을 잡기 위해서이다. 그런 생각에 산책은 어른들이 하는 품위는 있지만 어딘가 지루한 일로 여겨졌다. 무엇부터 손을 대야 할지 제대로 모르는 사람이나 하는 일 같았다.(…)

몸을 굽혀 손을 벌리자 옆구리가 들썩일 만큼 거칠게 숨을 몰아쉬던 도마뱀은 어리둥절한 듯 잠시간 꼼짝없이 앉아 있다가 황급히 풀숲으로 달아났다. 그때 반짝이는 철로 위로 기차 한 대가 달려왔고 이내 내 곁을 스치고 지나갔다. 나는 그 기차를 바라보며 확실하게 알 수 있었다. 이제 이곳에서 확실한 기쁨을 느낄 수 없음을. 저 기차를 타고 다시 바깥으로 나가야 한다는 것을."

헤르만 헤세, 『정원 일의 즐거움』 중에서

〔 비 오는 날의 〕

산책

"잠수교 건너본 적 있어요?" 동료와 외근을 하러 가던 길, 멀리 잠수교가 보이기에 물었다. 정말 궁금했다기보다는 어색한 침묵을 깨려고 해본 질문이었다. "네. 비 오는 날, 건너봤어요." "비가 오는 날? 걸어서요?" "네. 걸어서." 의외의 답에 마땅한 다음 말이 생각나지 않아 창밖을 봤다. "어땠어요?" 좋았다는 느낌을 설명하는 동료는 평소보다 들떠 보였다. '얼마나 좋았을까? 비바람이 불어서 강물이 파도처럼 보였겠지. 다리 위로 넘칠까 봐 무섭기도 했겠다. 우산이 날아가지 않게 손잡이를 꽉 쥐게 되었으려나. 어쩌면 우산을 쓰지 않았을 수도 있겠네. 목소리가 들뜬 것 보니 아마 좋아하는 사람과 같이 걸었을 거야.' 비가 오는 날, 잠수교를 걸어서 건넌다고 생각해본 적이 없었기에 잠시 분주한 상상에 빠졌다. 늘 차분하던 동료의 목소리가 빨라진 일이 생각에 리듬을 만들어주었던 것 같기도 하다. 상상은 근사했다. 비가 오는 날, 잠수교를 건너는 누군가의 뒷모습이라니. 그런 장면을 생각하다 보니 언젠가 보았던 비슷한 풍경 하나가 떠올랐다.

가고시마의 어느 호텔에서 맞이한 새벽이었다. 취해서 일찍 잠이 든 바람에 애매한 시간에 눈이 뜨였다. 조금 더 자보려고 뒤척거리다가 포기하고 침대에서 일어났다. 소파에 앉아 암막 커튼을 걷어보니 밖에는 비가 내리고 있었다. 소파 등에 팔을 얹고 그 위로 턱을 얹어 밖을 보기 좋은 자세를 만들었다. 다시 졸려지면 그대로 잘 수 있도록 몸은 동그랗게 말아 구겨 넣었다. 전날에도 이 자리에 비슷한 자세로 앉아 운동장에서 야구 하는 아이들을 구경했다. 북적이던 오후의 운동장과 달리 아무것도 없는 새벽의 운동장이 어제와 달리 보였다.

눈동자를 굴려 운동장 옆 골목들을 관찰하고 있는데, 어느 틈인지 한 사람이 운동장에 와 있었다. 우산을 쓰고 걷고 있었다. 운동장과 창문의 거리가 꽤 되었기에 성별이나 나이는 알 수 없었고, 어떤 표정으로 걸음을 옮기고 있는지도 잘 보이지 않았다. 형체만큼이나 감정도 애매하게 보였다. 기쁜 마음으로 신이 나서 걷고 있는 걸까. 좋지 않은 일이 있어 울적한 마음을 달래며 걷고 있을까. 운동장을 걷는 뒷모습에서 눈을 뗄 수 없었다. 한 바퀴, 두 바퀴, 그가 운동장을 도는 횟수를 세어보다가 중간에 잊어버렸다. 누가 물어본 것도 아닌데 숫자를 잊어버린 일이 멋쩍어 뒤척거렸다. 움직인 김에 일기장을 꺼내 '비 오는 날의 산책은 멋진 거'라고 적어두었다. 비가 오는 새벽에 운동장을 산책하는 마음은 어떤 걸까. 조용한 호텔방에 내 숨소리만 점점 더 크게 찼다.

어린 시절, 비 오는 날에 물웅덩이에서 놀다가 피아노 학원에 가지 못한 적이 있다. 학원에 도착했을 때는 이미 레슨 시간이 끝나 있었고 스타킹과 옷이 온통 흙탕물로 젖어 학원에 들어가지도 못했다. 선생님은 엄마에게 전화를 건 뒤, 나를 집으로 돌려보냈다. 집에 가서 혼날 것을 알았지만 도망칠 수 없었다. 다시 물웅덩이 길을 지나 집으로 돌아왔다.

어른의 나이를 가진 뒤로는 비가 오는 날, 목적지 없이 걷거나 멈춰 선 기억이 거의 없다. 비가 오면 짬뽕이나 먹으러 가자고 친구를 꼬이고, 그게 아니라면 전기장판 위에 누워서 영화를 보곤 한다. '어디 한번 산책을 가볼까.' 이런 생각은 좀처럼 들지 않는다. 잠수교를 건너던 동료나 운동장을 돌던 사람의 뒷모습이 근사하게 느껴진 것을 보면 한 번쯤 우산을 들고 나서볼 법도 한데 아직이다.

상상으로 그치는 일들이 있다. '멋지겠지' 하고 잔뜩 그려만 두고 막상 나서지는 않게 되는 일들. 나는 언젠가 비 오는 잠수교나 운동장을 산책할 수 있을까. 모르겠다. 다만 어느 날에 운동장과 잠수교를 걸어준 사람들, 그들이 보여준 뒷모습에 고마운 마음이 들 뿐이다.

"또 다른 사람들은 자신들의 공허를, 자신들의 몸 한편에 입 벌리고 있는 상처를 즉석에서 메우고자 한다. 인간이 하는 일 가운데 그 어떤 것도 그들의 눈에는 한순간도 관심을 기울일 만한 가치가 없어 보인다. 모로코의 집들을 보면 의도적으로 지붕에 돌 하나를 부족하게 만들어두고 인간의 손으로 만든 것은 언제나 한계가 있음을 표시하고 있는데 그들은 그걸 보고 감탄해 마지않는다.

그 점을 부정하기보단 인정하는 편이 더 낫다. 인간은 그 자체로 충분한 존재가 아니니까. 한 걸음 더 나아가기 위해서, 그리하여 그 부족한 빈 부분에 해당하는 충만을 다른 곳에서 찾기 위해서는 그걸 인정하는 편이 낫다. 그리하여 나는 가끔 밤 산책을 할 때면 예언자의 소맷자락 한끝을 붙잡은 듯한 느낌에 사로잡힐 때가 있었다."

장 그르니에, 『지중해의 영감』 중에서

〔 한라산을 들고 하는 〕

산책

아니라는 걸 알면서 굳이 그렇게 하고 싶은 일이 있다. 가령, 글을 쓸 때 쉼표를 자주 쓰는 것은 좋은 방법이 아니다. 쉼표는 강제로 흐름을 끊고 거기에 의지하다 보면 유연하지 못한 글이 되기도 한다. 작법에 대한 수많은 책이나 작가, 교수가 그렇게 말해왔다. 쉼표에 기대어 문장을 완성하면 안 된다는 것을 잘 알지만, 쉼표가 좋다. 온점을 찍고 난 뒤에 드는 완강한 기분과 다르게 쉼표를 쓰고 나면 느슨하고 허술해진다. 탈고할 때는 쉼표가 알맞은 지점에 들어가 있는지를 본다. 애매한 곳에 있다면 걷어내고 고민해서 가장 귀여운 자리로 배치해준다. 쉼표에 대한 어떤 안 좋은 얘기를 들어도 그가 하나도 없는 글을 쓸 수는 없을 것 같다.

늦여름의 저녁, 한라산 한 병을 들고 산책했다. 한라산은 제주에서 만들어진 소주로 내가 가장 좋아하는 술이다. 투명한 병이 예쁘고 맛이 맑다. 술집에서 문어 숙회와 함께 마시다가 반쯤 남긴 것이 아까워서 들고 나왔다. 여러 번 마셨지만 병째 손에 들고 걸어본 것은 처음이었다. 조심스레 들고 있던 한라산 뚜껑을 열어 물을 마시듯 한 모금 마셨다. 옆에 있던 친구가 웃었다. "왜 웃어?" "언니가 술 마시니까 좋아서."

불과 몇 년 전만 해도 음주는 연중행사였다. 술을 잘 마시는 친구는 그간 내가 같이 술을 마셔주지 않는 게 아쉬웠다고 했다. 요즈음의 행복 중에 내가 술을 마시게 된 일이 있다고 하기에 나도 웃었다. 술은 일종의 추임새 같다. 뭐랄까. 술 없이도 잘 지내왔지만 이것의 도움으로 어딘지 모르게 '얼쑤!' '지화자!' 같은 일들이 생긴달까. 글에 쉼표를 쓰는 일과 비슷하다. 지나치면 망칠 수 있지만 적당하면 귀여울 일이다.

술에도 잘 맞는 조합이나 예절 같은 게 있다고 들 하지만, 그냥 마시고 싶은 대로 마신다. 오늘처럼 한라산을 병째 입에 대고 마시기도 하고, 물병에 소주나 화이트와인을 담아 공항에 가기도 한다. 와인을 와인잔에 마시지 않을 때, 술을 안주 없이 물처럼 마시면 어쩐지 더 맛있고 멋지다. 혼자 하면 재미가 덜하고 매번 같이할 사람을 찾는다. "종이컵이랑 와인 들고 등산 갈래?" "놀이터에서 그네 타며 막걸리 마실래?" 우리는 함께 익숙했던 방식에서 살짝 옆으로 빗나간다. 술을 마시다가 옆에 있던 친구가 아이처럼 웃으면 내가 아주 대단한 사람이 된 것 같다.

　걷다 보니 다리가 아파 개울가에 앉았다. 거기 앉아 남은 한라산을 더 마시다가 징검다리를 몇 번 왔다 갔다 했다. 적당히 취해서 몸이 흔들거렸는데 돌이 꽤 넓어 넘어지지는 않았다. 점프할 때는 춤을 추고 있는 것 같기도 했다. 이 리듬대로 걸어볼까, 싶어서 덩실거리며 길을 따라 걸었더니 얼마 지나지 않아 한강이 나왔다. 개울가에 앉았던 자세로 한강 둔치에 다시 앉았다. 한강이 선명하고 밝게 다가왔다. 집으로 돌아가는 길에는 배가 고팠다. 친구와 가까운 만둣가게에 가서 갈비 만두와 치즈 라면을 시켜 먹었다. 취한 배에 따뜻한 것이 들어오니 졸음과 함께 웃음이 쏟아졌다. 취해서인지 졸려서인지 집에 오던 길은 생각이 잘 나지 않고 웃음소리만 어렴풋이 생각난다.

언제부터였을까. 삶이 점점 더 심심해질 거라는 불길한 예감이 들 때가 있다. 학창 시절에는 잘 몰랐던 기분이다. 나와 친구들이 더 자주 웃었으면 좋겠다는 바람으로 이런저런 일을 궁리하곤 한다. 나를 위해 쉼표를 귀여운 자리에 찍어보고, 친구를 위해 엉뚱한 자리에 술을 올려둔다. 아니라는 것을 알아도 그냥 마음이 가는 대로 해보는 일도 있는 거다. 한라산을 들고 산책한 날의 일기에는 '가끔은 행복의 다른 이름을 알게 되기도 한다'라고 적혀 있다.

"'밖에서 공기놀이하는 언니들 틈에 끼어들다 눈총을 받고 울먹이며 집에 돌아온 날이다. '윤미와 동네 산책을 하는데 윤미는 동네 언니들 공기놀이에 관심이 많다. 저도 한몫 끼겠다지만 통할 리가 없고 호되게 애들한테 야단만 맞는다. 집에서야 저 하고 싶은 것 다 할 수 있지만. 그것이 그토록 서러워 좋아하는 얼음과자도 안 통하고 저녁 내내 울어댔다. 윤미도 이제부터 사회생활을 시작하는 것이다.'"

열화당 사진문고 36, 『전몽각』 중에서

〔 당근과 파를 만나기 위한 〕
산책

볶음밥을 해 먹고 싶어서 파를 샀다. 파를 사 본 것은 아마도 처음일 거다. 지금껏 엄마가 냉동실에 넣어둔 파를 썼다. 엄마는 우리 집에 올 때마다 아이스박스에 뭘 가득 담아온다. 구운 김, 참기름, 김치, 깍둑썰기한 마늘, 얼린 국 같은 것들. 습관처럼 냉동실에서 꺼내 쓰던 것들이 떨어지면 엄마가 올 때까지 그것들을 빼놓고 요리했다. 그것들이 없어도 요리를 해 먹을 수는 있고, 어쩐지 그 자리에 뭔가 들어오면 엄마가 서운할 것 같았다. 이번에는 꼭 파기름에 볶은 밥을 먹고 싶었는데 마침 냉동된 파가 떨어졌고, 엄마가 올 때까지 기다릴까, 파를 살까 고민하다가 어디 한번 파를 사봤다.

인터넷 마켓에서 무언가를 주문할 때는 상품의 크기 같은 것을 가늠하기 어렵다. 한 번도 다뤄본 적 없는 것들이면 더더욱 그렇다. 생각했던 것보다 거대한 파들이 왔다. 파가 원래 이렇게 컸나. 팔뚝에 대보니 그보다 컸다. 막막해졌다. 이걸 우짜지. 혼자 사는 나에게는 너무 큰 파다. 엄마가 왜 파를 썰어서 냉동실에 넣어두고 쓰는지 알 수 있었다. '귀찮지만 잘라보자.' 엄마가 파를 깔 때, 옆에서 본 기억을 떠올리며 파를 잡았다. 이렇게 말하고 있으니 요리 왕초보 같지만 그렇지는 않다. 나는 양파도 잘 다듬고, 마늘도 얇게 저미고, 새우 똥도 야무지게 뺀다. 다만 몇 재료에 영 손이 가지 않았던 것뿐이다.

해보니까 파 껍질을 벗기는 것은 애매하다. 양파처럼 속살이 분명하지 않다. 어디까지 벗겨야 하나 고민하다 대충 흙이 안 보이게 하고 수염을 잘랐다. 기다란 것을 잘라 둘로 만들고 그걸 다시 일정하게 저몄다. 비닐봉지에 다 담으니 엄마가 갖다주는 파봉다리 모양과 비슷해졌다. 네 번째 파를 잡을 즈음, 내가 이 과정을 즐거워함을 알아차렸다. 생전 처음 해보는 일에서만 느낄 수 있는 재미. 파의 미끄덩함은 양파의 것과 달랐고, 마늘처럼 손끝에 힘을 주지 않아도 되었다. 새우 똥처럼 이상한 상상도 들지 않았다.

얼마 전부터 당근 머리를 버리지 않고 접싯물에 담가두기 시작했는데, 거기서 잎이 나오는 걸 봤을 때도 비슷한 기분이었다. 하루에 두어 번씩 베란다에 나가 주황색 머리 위로 자란 연두색 잎을 본다. 아침에 본 것과 저녁에 본 높이가 달라 놀랍다. 이런 광경을 보고 혼잣말로 "우와!"라고 말하거나 눈을 크게 뜨고 아랫입술을 내밀 때, 나이가 들어가는 것을 느낀다. 불과 몇 년 전만 해도 나는 표정을 감추거나 말을 숨길 줄 알았다. 10대에는 시큰둥한 표정으로 모든 것을 흘겨볼 줄 알았고, 20대에는 흥미로워도 그 말을 하면 세상에 지는 것 같았는데, 그 기분을 이렇게나 생생하게 기억하는데!

이제는 지나치게 심심해서 조용히 간직하는 게 어려운 걸까. 전에 하지 않던 행동이 늘어간다. 시시하다고 느끼던 것들에서 재미를 발견할 때, 나이 드는 일은 어쩌면 멋질지도 모른다는 기대가 생긴다. 당근 위에서 나오는 연두색 잎이나 파의 뿌리가, 오랜 시간 나를 기다려주었는지도 모를 일이다.

"나는 산책을 할 때마다 매번 카메라를 챙겨 가지는 않는다. 때로는 일부러 카메라를 잊어버리려고도 한다. 또 때로는 카메라를 가져가지만 사용하지는 않는다. 나는 늘 산책과 사진을 찍는 것이 약간 비슷하다고 느꼈다. 산책을 하고 사진 촬영을 하는 동안, 우리는 주변의 수많은 것들을 그저 잠깐씩 쳐다볼 수 있을 뿐이다. 그리고 아무리 익숙하고 편안한 곳이라도 우리가 알아차린 것보다는 알아차리지 못한 것이 훨씬 많다는 점에서 그 둘은 비슷하다."

윌 스티어시, 『찍지 못한 순간에 관하여』 중에서

〔 좋아한다고 말하기 위해 〕

산책

한라산을 좋아한다는 사실을 아는 사람이 몇 있고 가끔 나란히 앉아 마셔주거나 한라산 병을 들고 산책한다. 그들을 오래오래 보고 싶지만 "영원히 함께 한라산을 마시며 걷자!"는 말은 되도록 하지 않는다. 친구든, 연인이든, 가족이든…. 욕심이 많을 때는 그런 말을 하며 시간을 낭비하기도 했다. 부풀어오른 욕심에 순간을 버리고, 오늘을 허비하고 나서야 내일 어떻게 걸을지에 대해 말하는 것이 그리 중요하지 않다는 걸 알았다. 관계가 어떤 옷을 입고 무슨 모양을 한지도 크게 개의치 않는다. 세상의 많은 관계는 그리 간단하지 않다. '여자친구와 남자친구' '남편과 부인' '자식과 부모' '자매와 형제' 이런 말들은 안정을 주지만 동시에 모두를 외롭게 만들기도 한다.

다만 나란히 앉거나 걷던 이에게 불쑥 "좋아해"라고 말하는 것은 잊지 않는다. 그 말을 되돌려받는 일에는 욕심을 부리기도 한다. '나란히 앉는 것＝서로를 아끼는 일'이라 여겼던 적이 있는데 아끼지 않기 위해 가까이 오는 사람도 있다는 걸 알았다. 목적이랄까. 수단이랄까. 누군가에게 그런 사람이 되는 건 아픈 일이다. 아팠던 일이 반복되는 일은 무섭고 겁이 나는 것은 어쩔 수 없다. 자전거 사고로 이가 빠진 뒤로 자전거를 못 타게 된 일은 내 탓이 아니니까. (그렇다고 누구의 잘못도 아니고.) 아끼지 않으려고 곁에 오는 사람을 잘 분별하고 싶은데 아직 모르겠다. 겁을 내는 대신 용기 내어 "좋아해"라고 말하고 상대의 반응을 유심히 살펴본다. 아끼지 않기 위해 온 사람은 이 말을 하면 괴로워하는 것 같다.

나는 이 정도의 욕심쟁이다. 그저 "좋아해"라는 말을 주고받는 정도면 된다. 너머의 것을 갖기 위해 애쓰지 않고 대부분의 일을 그냥 그렇게 둔다. 복잡한 세상에서 단순하게 살고 싶으면 내게 맞는 크기의 욕망을 찾는 수밖에 없다. 이런 내 욕심의 크기를 알아보는 이는 거의 없다. 대개는 더 커다란 것을 기대한다고 오해하거나 어떤 것에도 개의치 않는 자유로운 영혼이라 착각하며 무례하게 군다. 내가 웃으며 "좋아해"라고 말했을 때 비슷한 얼굴로 "나도"라고 말해주는 사람과는 나란히, 밤새도록 한라산을 마시며 걸을 수 있다.

　　요즘은 한라산 잔을 선물하는 사람이 있고 그 위에 올려둘 식물을 선물해주는 사람도 있다. 이번 생일에는 춤을 출 때 들으면 좋을 음반을 받았다. 다음 생일에도, 환갑에도 함께 생일을 축하했으면 좋겠다고 하기에 그들의 오늘에 '한라산'이 될 수 있는 것을 고민했다. 운이 좋다면 우리는 내일도 나란히 앉을 수 있을지도 모른다. 어쩌면 모레도. 그다음 날에도…. 그렇게 시간이 쌓이다 보면 함께 어제를 돌아보는 행운이 생길 수도 있겠지. 며칠 전, 작년 내 생일에 우리들이 함께 있었던 시간을 이야기했듯이.

여러 사람을 앞에 두고 한라산을 마셨다고 말하는 날도 있겠지만, 덤덤한 목소리일 거다. 그걸 마시며 얼마나 푼수같이 웃었고 못생기게 울었는지. 미간에 주름이 몇 개나 잡혔고 한쪽 보조개가 얼마나 깊었는지를 아는 것은 나란히 앉고 걷던 사람들의 몫이다.

우리가 서로의 곁에 언제까지 앉을 수 있을지는 우리 중 누구도 모른다. 다시는 볼 수 없게 되어 몇은 그 기억을 곱씹으며 남은 생을 살게 될지도 모를 일이다. 정말로 모를 일이다. 그러니 나란히 앉아서는 아이처럼 활짝 웃으며 "좋아해!"라고 진심을 다해 말하는 걸 잊어서는 안 된다.

나는, 요즘 나와 한라산을 마셔주는 사람들을 정말, 좋아해.

"의자에 앉는 순간 우리는 풍경의 중심이 된다. 중심이 된다는 것은 즐거운 경험이다. 비어 있는 의자에 누구나 앉는 순간 새로운 중심이 생긴다. 한적한 오솔길에 마련된 긴 나무의자는 비어 있을 때 단지 오솔길의 외곽에 그럴듯한 풍경으로 존재하는 소품에 지나지 않지만, 산책을 하던 노부부가 그곳에 앉는 순간 오솔길을 담은 풍경의 중심은 나무의자로 이동한다. 무언가 담는 순간 의자는 빛나기 시작한다. 중심으로 이동한 의자가 빛나기 시작하는 순간 당신의 우울은 이미 치료되기 시작한다."

김선우, 『김선우의 사물들』 중에서

[해안선을 따라 긴]
산책

창문에 코를 박았다. 비행기를 처음 타는 아이처럼 두 손을 아치로 만들어 창에 갖다 댔다. 새끼손가락 바깥은 찬 유리에, 검지 위에는 눈썹을 대니 창밖에 집중할 수 있는 자세가 되었다. 활주로를 벗어나자 섬은 빠르게 멀어지기 시작했고, 모래와 파도로 보이던 부분이 뚜렷한 선이 되어가는 모습이 신기해서 그 부분을 유심히 봤다. 바다와 육지가 맞닿는 부분은 땅에서 멀어질수록 선이 되었다. '이래서 해안선이란 말이 생긴 거구나.' 땅에서 멀어질수록 뚜렷해지는 해안선을 따라 부지런히 눈을 움직였다.

지난 계절에는 이 섬의 해안을 따라 걷곤 했다. 더운 날에는 걷다 말고 물에 뛰어들기도 하고, 젖은 옷을 말리며 방파제에 누워 햇볕을 쬐기도 했다. 어느 새벽에는 바다가 보이는 계단에 앉아 한라산을 마시다가 해 뜨는 것을 보기도 했지. "벌써 아침이야!"라고 말하며 해를 가리키던 나는 어떤 얼굴을 하고 있었을까. 물안개가 자욱했던 저녁에 구멍이 잔뜩 뚫린 바위를 넘고 넘던 눅눅한 기쁨도 보이는 듯했다. 나란히 앉아 있던 방파제가 저기 어딘가에 있을 텐데…. 눈썹에 붙은 검지를 떼어 손끝을 창문에 갖다 댔다. 손끝으로 해안선을 그려보려 했지만 우리가 산책하던 곳이 어딘지 알 수 없었고 야속한 비행기는 점점 더 빨라졌다.

다시 이 섬을 찾게 된다면 해안선을 따라 긴 산책을 하고 싶다. 이왕이면 낯선 사람과 함께. 섬 한 바퀴를 다 돌 때까지 계속 걸어야지. 어색함을 피하려고 엉뚱한 소리를 하기도 하고, 돌아오는 질문이 있다면 답을 달아보기도 하고, 침을 꼴깍 삼키게 되는 질문에는 답하지 말아야지. 그렇게, 걸어야지. 산책이라 부르며 가볍게 걷기 시작해서 그 섬의 해안선을 모두 걸어보기 전엔 돌아오지 않는 거다. 걷고 걷다 보면 어색한 질문이나 대화가 필요하지 않은 순간도 올 거다. 앞서가는 사람의 옷에 달린 주머니를 뚫어져라 보기도 하고, 거기에 손을 넣어보기도 하고, 그대로 걷는 일이 답답하면 거리를 두고 걸어볼 수 있으려나. 섬을 가로질러 공항으로 가고 싶은 순간이 오더라도 끝까지 섬 한 바퀴를 돌아야지. 서로를 째려보거나 미움이 가득한 날이 있더라도, 포기하지 않고 절대로 포기하지 않고 걷고 싶다. 작지도 크지도 않은 섬을, 그렇게 산책하듯 걸을 수 있을까.

해안선은 육지면과 해수면이 교차하는 선이고, 바다의 움직임에 따라 끊임없이 변화하기에 경계가 모호하다. 이 섬의 해안선은 1910년에는 258㎞, 2004년에는 419.95㎞, 2008년에는 418.61㎞였다고 한다. 선이라고 부르지만 길이를 잴 수 없는 선. 멀리서는 선처럼 보이지만 가까이에서 보면 그렇지 않은 길.

생각해보니 섬에 착륙할 때도 이렇게 창문에
코를 박았었다. 섬과 가까워질 때, 흐릿한 것들이
색과 형태를 갖고 선명해지는 모습을 지켜봤었지.
빠져나올 때는 반대의 풍경을 본 것이다. 선명했던
것들이 알 수 없이 흐려졌다. 창틀에 걸쳐 있는 손
가락 끝에 힘을 주며 다시 한 번 창밖을 보니, 더
이상 섬은 보이지 않았다.

"우리는 라불의 스파에서 휴식을 취하고 있었다. 그 날 하루만은 아낌없이 먹고 마시는, 일 년에 한 번 갖는 행사이기에, 제인의 개 도라는 해가 지기 전에 물 속에 들어갔고 우리는 황량한 해변가를 오래오래 산책했다. 그때 제인의 에이전트에게 급하게 연락이 왔다. 5분 안에 사진 한 장이 필요하다며. 우리는 해변으로 돌아왔다. 땅거미가 지고 있었고, 나는 바닷가에 놓인 구조대원용 사다리로 올라가 몸을 딱 붙인 채 제인에게 말했다.

'열까지 셀게.' 제인은 정말 놀라운 모습을 연출했다. 그녀는 소리를 질렀고 손으로 눈을 가렸다. 다섯 컷을 찍었지만 처음 찍은 사진이 가장 좋았다."

  제인 버킨·가브리엘 크로포드, 『제인 버킨』 중에서

[언젠가 했던]

산책

우리는 도쿄에서 매일 성실히 놀았다. 지칠 줄 모르고 이 동네 저 동네를 걸었고 맛있는 걸 많이 먹었다. 노는 중간중간 그는 담배를 부지런히 피웠다. '좋아서'였을 거다. 묻지 않아도 알 수 있었다. '지금'이 좋아 담배를 꺼내 물고 입술 끝에 웃음을 눌러 담는 표정을 나는 잘 알았다. 그럴 때는 평소보다 담배 타 들어가는 속도가 느려 타닥거리는 소리가 선명하게 들렸다. 그런 모습과 소리를 관찰하다 보면 유혹이 되어 덩달아 나도 뺏어 피웠기에. 하루가 지나 숙소로 돌아올 즈음이면 담뱃갑은 거의 비어 있었다. 돌아오는 전철에서 "타바코 가게 들렀다 갈까?"라고 말하는 것은 여행의 일상이었다.

숙소와 전철역은 꽤 멀었는데 그 사이에 작은 타바코 가게가 있었다. 작다는 애매한 표현이 적절한 작은 가게였다. 얼마나 작냐면, 그 가게 바로 옆에 뚱뚱한 자판기가 있었는데 그것과 폭이 거의 비슷했다. 문은 없고 허리 높이에 여닫을 수 있는 창이 하나 달려 있었다. 창을 두드리거나 창문을 열어 주인을 부르면 좁은 통로 끝 방에 있던 할머니가 종종걸음으로 나왔다.

처음 그 가게에 갔을 때, 주인 할머니는 우리가 한국인임을 확인하자 방으로 뛰어 들어갔다. 파일 같은 걸 들고 와서 스크랩해둔 한국 남자 배우들 사진을 보여주며 손끝을 부지런히 움직였다. 할머니는 한국말이나 영어를 할 줄 몰랐고 우리는 일본어를 몰랐기에 몸짓이 언어였다. 말이 없었지만 어떻게 그렇게 수다스러웠는지 모르겠다. 우리들은 얼굴과 손으로 열심히 떠들어댔다. 무슨 얘기를 했었는지 지금은 잘 기억나지 않는다. 웃음소리나 손가락 끝의 모양 같은 게 어렴풋이 생각나면서도 자세한 것은 떠오르지 않는다.

　　담배를 사서 숙소로 돌아오려면 미로 같은 골목을 걸어야 했다. 몇 번씩 코너를 돌고 돌아 기차 건널목에서 신호를 기다리고 있는데 누군가 등을 두드렸다. 타바코 가게 할머니였다. 숨을 헐떡이던 할머니는 가슴팍에 안고 있는 봉지를 건네주었다. "노리!" 김을 선물 받았다. 손으로 가슴을 쓸어내리며 숨을 고르는 모양은 영락없이 할머니였는데 웃고 있는 얼굴이 아이 같았다.

일주일 정도 그 동네에 머물렀고 매일 타바코 가게에 갔다. 비슷한 일이 반복되었다. 담배를 사며 몸으로 대화를 나누는 것뿐만 아니라 할머니가 뒤를 쫓아와 비닐봉다리를 건네주는 일까지 통째로 반복되었다. 담배를 사고 나올 때마다 오늘은 따라오지 말라는 손짓을 했다. 설명이 충분하지 못했는지, 뒤따라와 선물을 주고 싶은 할머니의 의지가 더 강했던 건지, 우리는 매일 할머니가 준 선물을 들고 골목을 산책해야 했다.

마지막 날, 할머니는 종이와 펜을 주며 주소를 적어달라고 했다. 주소를 왜 물어보는 걸까. 잠시 궁금했지만 매번 우리를 쫓아와서 봉지를 내밀던 할머니가 떠올라 금세 궁금증은 사라졌다.

주소를 적었던 사실을 잊어버릴 즈음 우체통에 꽂힌 하얀 봉투를 발견했다. 할머니는 곧 친구들과 한국에 온다는 사실을 편지로 알려주었다. 어떻게 쓴 것인지 모르겠지만 편지는 한글로 적혀 있었다. 서툴고 예쁜 글씨였다. 낯선 글자를 흰 종이에 옮겨 적을 때나 작은 가게에서 급히 나와 어린 친구들의 뒤를 쫓아 빠르게 걸을 때, 할머니는 어떤 마음이었을까. 편지 봉투 안에는 할머니가 찍어준 우리, 사진도 한 장 담겨 있었다.

편지에 적혀 있는 날짜에 호텔 로비로 찾아가 할머니를 찾았다. 여행사 직원이 다가와 말을 걸었다. "할머니가 두 분 얘기를 많이 하셨어요." 그가 통역을 해주어서 일본에서보다 수월한 소통을 했지만 그 사람이 없어도 우리는 이야기를 나누었을 거다. 어쩌면 통역이 없었을 때가 더 제대로 된 이야기를 나눴던 것 같기도 하다.

그날은 할머니와 만난 마지막 날이었다. 앞으로 볼 일이 없겠지. 나는 타바코 가게의 주소나 근처 역 이름을 기억하지 못한다. 할머니가 편지를 보냈던 서울의 우리 집 주소는 이제 내게 '오래 전에 살던 집'이 되었다. 그 뒤로 다섯 번이나 더 이사했고 그 틈에 많은 일이 사라졌다.

오늘은 동네 술집에서 혼자 술을 마시고 있는데 갑자기 그때 걸었던 골목길이 생각났다. 할머니가 여러 차례 우리를 쫓아오던 그 골목. 잠시 눈을 감고 그 길을 떠올리자 얽힌 이야기들이 이렇게 생각이 나버렸다. 여행지였지만 그 길을 따라 매일 산책을 했다. 일상이 아니었지만 일상인 줄 알았다. 사소하고 비슷한 일을 매일 반복하며 걸으면서도 지루한 줄 몰랐다. 이렇게나 멀리 오고 나니 그때 오래, 잠시 머물다 간 마음들에 고마워진다. 걸을 수 있을 때, 나란히 걸어주고, 쫓아올 수 있을 때, 부지런히 쫓아와준 마음들 덕분에 나는 이렇게 텅 빈 새벽에도 혼자 웃어 보일 수 있다.

어떤 기억들은 떠올리다 보면 이런 기억으로 남은 생을 살 수 있을 것 같은 용기가 생기기도 한다. 그래서 매번 고맙고 또 고맙다. 말할 곳이 없어 원고에 적어둔다.

"나와 애인은 서로에게 오직 사생활을 위한 대상이었다. 동거라는 형태를 취하지 않고 각자의 집을 유지하는 커플이었지만 사실상 사생활의 거의 대부분을 나누었다. 우리는 서로 가까운 곳에 집을 구했다. 우리는 각자의 집에서 아침 식사를 했다. 우리는 서로를 위해서 요리를 했고, 특별한 일이 없으면 서로의 집에서 작업을 했다. 우리의 집에는 두 사람 분의 책상이 있었다. 우리는 함께 저녁 산책을 나섰다. 애인과 함께하는 사생활을 근사했다. 사생활이란 기록되지 않은 역사와도 같았다. 즉 어떤 의미로 본다면, 사생활은 개인의 진짜 인생이었다."

배수아, 『잠자는 남자와 일주일을』 중에서

〔 남지 않아도 남을 〕

산책

가을, 뒤꿈치를 들고 은행 열매를 피해서 걷는데 친구가 갑자기 웃음을 터뜨렸다. "아니, 내가 얼마 전에 한 아저씨가 은행을 안 밟으려고 애쓰면서 걷는 걸 봤거든. 막 되게, 이렇게 이렇게, 걷는 거야. 봐봐? 이렇게 이렇게, 얄미운 듯, 귀여운 듯. 엄지발가락만 살짝 땅에 닿게. 살짝, 살짝." 아저씨 흉내를 내며 바닥에 떨어진 은행 틈을 왔다 갔다 하는 친구의 모습이 웃겼다. 나도 웃었다. 움직이는 모양이 대낮에 취해 걷는 사람 같기도 하고 춤을 추는 것 같기도 했다. 그 동작을 멈추지 않고 반복하는 통에 웃는 걸 멈출 수가 없었다.

친구의 황토색 바지가 발의 리듬에 맞춰 흔들리는 모습이나 카키색 재킷에 비친 햇빛, 그와 어울리는 익살맞은 표정이 떠오른다. 집에 와 생각하니 또 웃겨서 휴대폰을 열었다. 사진을 보려고 열었던 것인데 없다. 찍어둔 게 아무것도 없었다.

오늘도 그랬다. 산책을 하다가 새끼 고양이 세 마리와 마주쳤다. 친구는 가방 안에서 강아지용 간식을 꺼냈다. 자기 집 개에게 주려고 산 값비싼 것. "이거 조금만 떼서 줘야겠다." 그것을 뜯어 잘게 부숴 고양이에게 주는 모습을 뒤에서 지켜봤다. 고양이들이 앉아 있는 곳에 그걸 주려면 엉덩이를 쭉 빼고 앉지도 서지도 않은 자세로 있어야 했다. 친구가 뜯어준 것을 다 먹은 고양이들이 다시 우리 쪽을 보면 그는 "또?" 하며 조금 더 줬다. 그렇게 몇 번을 반복하고 나니 간식 봉지가 텅 비었다. "다 줘 버렸네. 어떻게 해?" "어쩔 수 없지 뭐. 또 사야지." 친구는 마지막 남은 간식을 고양이들에게 주기 위해 엉덩이를 쭉 빼고 손을 멀리까지 뻗었다. 동그란 엉덩이가 예뻤다. 그 모습도 찍어두었다고 생각했는데, 다시 찾아보니 사진이 없다.

꼬리를 물고 지난여름도 떠오른다. 제주 남쪽에 계절의 이름을 가진 바다가 있다. 그 앞에서 몇 번의 새벽을 보냈다. 바닷가에 차를 세워두고 산책을 하다가 바다가 보이는 계단에 앉았다. 미리 챙겨온 한라산과 소주잔을 꺼내 둘 사이에 두었다. 친구는 운전을 해야 하니 내가 마시는 것을 구경만 했고, 나는 그가 따라주는 것을 받아 마시기만 했다.

　　한참 놀고 있으니 하얀 고양이가 지나가고 얼마 뒤에는 개도 지나갔다. 그 틈에 한쪽 손으로 얼굴을 가리고 웃는 친구의 얼굴도 봤고, 발이 움직이는 모양이나 우리가 앉은 왼편에서 해가 떠오르던 것도 보았지만 정확히 생각나지는 않는다. 혼자서 소주 한 병을 다 마시는 바람에 해가 뜰 즈음의 기억은 흔들리는 풍경만이 어렴풋하다. 몸을 흔들며 다시 한 번 산책을 시작하다가 눅눅한 공기에 포기하고 다시 제자리에 가 앉았던 것 같기도 하고 걸었던 것 같기도 하다. 이 기억은 하루가 아니라 며칠에 걸친 일이었던 것 같은데, 여러 풍경이 겹쳐져 순서를 재배치할 수도 없다. 그 새벽들의 사진도 한 장 정도는 있을 거라 생각하며 사진첩을 뒤졌지만, 하나도 남아 있지 않다.

남지 않은 순간들, 을 사랑한다. 이 소중하다. 은 더 선명하다. 에 잘 산다고 느낀다 등의 말이 머릿속을 지나는데 다 적절하지 않은 것 같다. 빈칸으로 둘 수밖에 없다. 설명할 수 없지만 존재한다. 나만 안다고 할 수도 없고, 누군가 알게 하려고 증명할 필요도 없다. 굳이 그렇게 하지 않아도 있었던 일이니까. 그보다는 이런 느낌을 내가 가진 언어로 설명할 수 없다는 게, 그리고 오늘도 사진이나 글로 남겨둔 산책보다 그렇지 않은 것이 더 많다는 게, 다행이라 느껴지는 또 다른 새벽이다.

"요즘 가장 큰 즐거움은 해안 절벽 위를 따라 저녁 산책을 다시 시작한 것이란다. 이제는 더 이상 가시철망 틈새로 해협을 바라보지 않아도 되고, '접근금지'라는 대형 표지판 때문에 시야가 막히지 않아도 되지. 해변에 있던 지뢰는 모두 제거되었고, 이제 나는 언제 어디든 구애됨이 없이 걷고 싶은 대로 걸을 수 있게 되었어. 절벽 위에 서서 바다 쪽을 바라보면, 뒤에 있는 흉측한 시멘트 벙커나, 나무 하나 없이 벌거벗은 땅을 보지 않아도 되거든. 아무리 독일군이라고 해도 바다를 파괴하지는 못했던 거야."

메리 앤 섀퍼 · 애니 배로스,
『건지 감자껍질파이 북클럽』 중에서

〔 첫 〕

산책

추석이라 본가에 갔었다. 휴대폰 충전기를 깜박하는 바람에 휴대폰 없이 하루를 보냈다. 아침을 배부르게 먹고 방에 누웠더니, 심심했다. 거실에 나가 텔레비전 리모컨을 뺏어보기도 하고, 친척 어르신들 틈에 앉아보기도 하고, 엄마의 책을 꺼내 몇 장 읽기도 했지만 지루함은 사라지지 않았다. 이 방 저 방을 어슬렁거리는데 한쪽에 누워 있는 강아지가 보였다. 열네 살이었나, 열다섯 살이었나. 2005년부터 이 집에 사는 강아지 '하루'다. 이 개가 우리 집에 오던 해에 나는 집을 나왔다. 우리 집 개가 맞긴 하지만 몇 번 볼 일이 없었던, 조금은 서먹한 개다.

"엄마, 나 하루랑 산책하고 올게. 목줄 좀 줘."
"안 그래도 낯선 사람이 많아 계속 짖고 끙끙거리
고 있었는데 잘 되었네. 다녀와!" 엄마는 내가 하
루와 단둘이 산책한 적이 한 번도 없었다는 사실
을 모르는 모양이었다. 자연스레 목줄을 건네받았
고 녀석과 첫 산책을 나섰다. 가족들과 다 같이 걸
어본 적은 있지만, 이렇게 둘이 나선 것이 처음이
라는 사실은 나와 하루만 아는 듯했다. 엘리베이
터에서 어색하게 서 있는데 얼마 전에 인터넷에서
본 사진이 생각났다. 강아지가 입을 동그랗게 모으
고 있는 사진 위로 이런 말이 쓰여 있었다. '마!!!
인간아!!! 산책 나가야지!!! 니 서마터폰 중독이
다!!!' 그걸 생각하며 혼자 킥킥 웃었더니 엘리베
이터 문만 보고 있던 하루가 고개를 들어 나를 봤
다. "아니야. 하루야. 아무것도 아니야." 입을 다물
고 입꼬리만 올리고 조금 더 웃었다.

엄마, 아빠가 이 아파트로 이사한 지 얼마 되지 않았다. 이번이 세 번째인가. 몇 번 와보지 않아 내게는 낯선 동네다. 하루는 그 사실을 알고 있다는 듯 앞장서서 어디론가 향했다. 그가 자신 있게 걸어간 쪽으로 따라가니 공원과 놀이터가 나왔다. 저쪽에서 하루를 발견한 아이들이 뛰어왔다. 아이들이 가까이 오자 하루는 으르렁거렸다. "엄마! 이 개가 나 물려고 해!" 말없이 하루의 목줄을 툭툭 당겨 도망치듯 반대편으로 빠르게 걸었다. 인적이 드물고 나무가 많은 쪽으로 가자 하루는 온화한 할아버지처럼 걸었다. 그렇게 이쪽으로 저쪽으로 걸어봤다. 하루는 부지런히 걷다가도 한 번씩 내 쪽을 올려다봤다. 나도 주변을 두리번거리며 구경하다가 걔를 한 번씩 내려다봤다. 내 속도로 걷다가 천천히 걸어보기도 하고, 차나 사람이 없는 곳에서는 어디까지 가나 줄을 풀어주기도 했다. 강아지의 마음을 몰라 어떻게 걸어야 할지 난감하긴 했지만 특별한 요령이 필요하지도 않았다. 한참을 걷다가 집으로 돌아왔다.

기름진 음식이 소화도 되었겠다 낮잠을 잘 요량으로 침대에 누웠다. "선아야 좀 나와봐! 할머니, 화장실에 모시고 가." 엄마는 어떻게 할머니를 모시고 화장실에 가야 하는지를 자세히 설명하며 손으로 잡채를 주물럭거렸다. 외할머니는 눈이 안 보인다. 보통은 엄마가 화장실에 모시고 가는데 바쁘니 내가 역할을 대신하게 되었다. 할머니를 부축하는 일은 하루와 엘리베이터에 섰던 것보다 더 어색했다. 할머니 어깨는 원래 이만큼 좁았던가. 화장실 문턱이 이렇게 높은 거였나. 변기까지 할머니를 무사히 앉히고 등을 돌리고 섰다. 등을 돌리고 나서야 할머니는 내가 어떤 모양으로 서 있는지 모른다는 것을 알아차렸다. 그래도 할머니를 보지 않고 뒤돌아 서 있었다. 오줌 소리를 들으며 아무 생각도 하지 않았다. 그 뒤로도 몇 시간에 한 번씩, 서너 번을 더 그 행동을 반복해야 했다.

세 번쯤 할머니를 모시고 안방으로 들어와 오줌 소리를 들을 때는 '할머니와 산책은 강아지와 하기보다 더 어렵겠지'라는 생각이 들었다. "왼쪽에는 나무가 있고요. 오른쪽에는 놀이터가 있어요. 놀이터에는 아이들 셋이 있고 나무가 있는 쪽에는 작은 벤치가 하나 있네요. 어느 쪽으로 가고 싶으세요?" 어디로 가야 할지 할머니 스스로 선택하는 것은 불가능에 가깝지만. 선택하실 수 있게 눈앞의 풍경을 자세히 설명해드리는 일은 해볼 수 있지 않을까. 그동안 하루나 할머니와 산책 한 번 하지 않고 뭐하며 살아왔을까. 그런 걸 잊고 무엇을 했는지 잘 모르겠다.

서울로 올라오는 버스 안에서, 내가 한동안 서성이는 마음으로 지냈다는 걸 알 것 같았다. 거기가 어딘지는 모르겠지만 멀뚱거리며 서 있었는데 하루와 할머니 덕분에 조금, 아주 조금 어디론가 걸어갈 수 있었다. 다음 명절에도 외할머니와 하루를 만날 수 있을까.

"개를 데리고 산보를 할 때, 나는 개다리의 움직임에서 동물적인 삶의 기쁨을 느낀다. 개다리가 땅 위에서 걸어갈 때, 개다리는 땅과 완벽한 교감을 이룬다. 개의 몸을 앞으로 나아가게 하는 것은 다리가 땅을 밀어내는 저항이다. 개의 몸속에 닿는 이 저항이 개를 달리게 하는데, 이 저항이야말로 개의 살아 있음이다. 개 한 마리가 이 세상의 길 위를 달릴 때, 이 세상에는 놀라운 축제가 벌어지고 있는 것이다."

김훈, 『라면을 끓이며』「손1」 중에서

〔 병원 〕
산책

"수술 중 경과를 보호자에게 문자로 보내주나요?" 수술실 앞에서 간호사에게 묻고 흠칫 놀랐다. 이런 질문을 침착하고 자연스럽게 하게 되었다니. 간호사는 대기실 모니터로만 확인할 수 있다고 일러주며 엄마가 실린 침대를 끌고 수술실로 들어갔다. 대기실에 잠시 앉아 모니터를 봤다. '수술 대기 중'이라는 글자가 '수술 중'으로 바뀌기 전에 자리에서 일어났다.

수술실에 들어간 부모를 기다리는 일이 몇 번째일까. 오늘은 엄마의 수술 날이고 이전에는 아빠가 오래 투병했다. 그가 처음 수술실에 들어갔던 날은 자세히 기억이 난다. 그 뒤로 몇 번의 수술이 이어졌고 언젠가부터 숫자나 세세한 장면을 잊어버렸다. 기다림의 빈도가 늘 때마다 나는 침착한 사람이 되어간다. 검사 결과를 말해주는 의사로부터 어떤 이야기를 들어도 말을 빨리하거나 코를 훌쩍거리지 않는다. 울고불고 감정에 호소하면 의사도 힘이 들고 그렇게 되면 보호자로서 마땅히 들어야 할 정보를 놓치게 되곤 한다. 어떤 상황이든 사랑하는 사람을 위해 평정심을 잃지 않고, 그를 치료하는 이들을 대하게 되었다. 인사를 할 때는 꼭 진심을 다해 고맙다고 말한다.

보호자로서 이성적인 판단을 하는 일은 중요하지만 이건 어디까지나 의료진들 앞에서의 태도다. 몇 년이나 병원에서 지내며 울지 않기는 어렵다. 혼자 변기에 앉아 있을 때, 엄마 심부름으로 탕비실의 전자레인지 앞에서 음식을 데우거나 아빠의 소변 통을 닦으면서 종종 울곤 했다.

그중 가장 울기 좋은 장소는 수술실 앞이었다. 아빠가 수술에 들어가고 "수술실 앞에 갔다 올게" 말하면 엄마는 "수술 끝나면 문자 줄 텐데 그냥 병실에서 편히 기다리지"라며 힘없이 말렸다. "그래도." 병원 슬리퍼를 신고 터덜터덜 '수술 중'이 적힌 모니터 앞까지 걸어가면, 그 앞에서 고개를 숙이고 울었다. 거기에는 나 말고도 우는 사람들이 많았지만 내 가족이나 의사가 없으니 마음 놓고 울 수 있었다. 화장실이나 탕비실에 비하면 덜 외롭게 울 수 있는 고마운 곳이기도 했다.

아빠와 엄마는 아직 한 번도 수술실 밖으로 나오지 못한 적이 없다. 수술이 끝나면 우리 가족의 병원 생활이 시작되었다.

"아빠, 산책하러 갈래?" 물어보면 아빠는 대답 대신 몸을 일으키는 시늉을 했고 나는 침대를 높이고 슬리퍼를 신겨주고 휠체어까지 아빠를 옮겼다. 휠체어로 옮겨 앉히는 과정도 어려운데 거기에 양말이나 외투, 모자를 입히는 과정은 곤란한 일이었다. 무엇보다 신체 기능이 약해진 아빠에게 바깥 공기는 치명적일 수 있기에 우리는 실내를 산책했다.

꼭 우리 가족에게만 해당하는 것은 아니고 병원에서 말하는 '산책'은 병원 복도나 로비, 건물과 건물 사이를 돌아다니는 일을 의미하는 경우가 많다. 대부분 병원이 그렇게나 미로같이 여러 동으로 만들어진 것은 어쩌면 병원산책자를 위한 건축가의 깊은 뜻일지도 모른다.

아빠는 휠체어에서 내려온 뒤로 혼자 걷는 연습을 했다. 부지런히 병원을 산책했지만 공간지각 능력을 잃은 뒤라 혼자서는 있던 자리로 돌아오기 어려워 했다. 엄마는 주로 그 일을 속상해 했다. "아빠가 오늘도 병실을 못 찾아와서 간호사가 데려다 줬지 뭐야." 엄마가 내게 이르면 "나도 오늘 병실 오면서 또 길을 잃었지 뭐야. 병원은 왜 이렇게 미로 같은지"라고 답을 했다. 우리 모두의 마음에 여유가 있는 날에는 엄마도 아빠도, 그런 내 말에 웃어주었다. 그리고 함께 복도로 나가 산책을 했다. 그렇게 웃은 날에는 평소보다 가벼운 산책을 할 수 있었던 것 같다.

　　병원에 있던 시간을 행복했다고는 말할 수 없겠지만 매 순간이 불행하지만은 않았을 거다. 어떤 날이 오더라도 사람은 경쾌하게 걷는 순간을 만들 수 있지 않을까. 그 산책은 내가 이전에 알던 것과 달랐지만, 그렇게 걸을 때는 잠시나마 슬픔을 의심할 수 있었다.

조금 전에 엄마가 수술을 마치고 돌아왔다. 마취가 덜 풀려서 헛소리를 중얼거렸다. "엄마, 뭐라고?"를 몇 번 되풀이했다. 엄마는 내 목소리가 잘 들리지 않는 듯했다. 익숙한 손짓으로 뺨을 살살 때리며 "더 자면 안 돼. 엄마, 지금 일어나야 해"를 반복해서 말했다. 어느 정도 정신을 되찾은 엄마가 "밥 먹고 와" 하기에 시간을 보니 밥때가 한참 지나 있었다. 엄마가 쥐여준 카드를 들고 병원 식당에 와 있다. 돈가스, 맛있으려나.

"그러곤 이불을 뒤집어쓴 채 자리에 누웠다. 잠시 후, 얕은 한숨과 함께 플라스틱 식기들이 부딪치는 소리가 들려왔다. 나는 몇 번 주저하다 다시 자리에서 일어나 식판 앞에 앉았다. '소리쳐서 미안해요, 엄마. 근데 돈까스가 바삭바삭해야 하는데 너무 눅눅하잖아.' 식사를 마친 뒤엔 약을 먹었다. 종류도 크기도 가지가지인 여러 가지 약이었다. 다른 환자들은 이미 화장실에 가거나 산책을 나간 듯했다. 나는 라디오를 들으려 엠피쓰리 플레이어를 찾아 머리맡을 더듬었다."

김애란, 『두근두근 내 인생』 중에서

[하기 싫어도 해보는]

산책

파주의 음악 감상실에 갔다. 천장이 높은 공간에 대문만 한 스피커가 몇 대 있었고, 정면을 바라보고 있는 테이블과 의자가 여러 개 놓여 있었다. 테이블에는 연필과 메모지, 연필깎이가 있었고 클래식에 한해 신청곡을 틀어주었다. 종이에 조지 거슈윈George Gershwin의 <랩소디 인 블루Rhapsody in Blue>를 적어 신청함에 넣었다.

다른 사람들이 신청한 곡을 들으며 내 신청곡을 기다렸다. 익숙한 도입이 흘러나오기에 '내 꺼다!' 하며 눈을 크게 뜨고 자세를 고쳐 앉았는데, 음악을 틀어주던 주인이 이 곡은 누가 신청했느냐고 물었다. 망설이다가 한쪽 손바닥을 조심스럽게 올려 보였더니 "좋은 곡을 신청하셨네" 하며 웃었다. 자랑스러우면서도 이런 일에 우쭐해지는 것이 쑥스럽기도 해서 어정쩡하게 웃어 보이다가 음악을 감상하는 척 눈을 질끈 감아버렸다.

"이건 베토벤이야." "이건 바흐." "이 곡은 이름이 뭐더라." 엄마 목소리가 들렸다. 한글을 모르던 때였으니 꽤 어린 시절이었고, 엄마는 클래식 앨범을 박스째로 사 왔었다. 거실의 전축과 오디오 근처에는 늘 CD가 잔뜩 놓여 있었다. 매일 클래식이 흘러나왔고 나는 관심이 없었다. 엄마가 옆에서 작곡가나 역사를 설명해주면 공부하는 기분이 들어 귀담아듣지 않았다. 듣지 않았을 거다. 분명 들은 적이 없다고 생각해왔는데 어쩌다 클래식을 듣게 되면 자꾸 어릴 때로 돌아가 그 거실에 눕곤 한다. 지루한 음악이 흐르던 거실은 남쪽을 향해 있었고 오래 볕을 쬘 수 있었다. 나는 그저 그 바닥에 누워 잠이 들었을 뿐이다. 그런데도 나도 모르게 어느 음악들을 듣다가 '이건 바흐인가' '드뷔시 같은데' 하며 이름을 떠올리게 된다. 그렇게 기억해낸 단어는 대개 정답이다.

엄마는 오래 배운 사람이 아니다. 외갓집은 부유하지 않았기에 배우는 일에 돈을 쓸 수 없었다고 했다. "집에 돈만 있었으면 엄마는 선생님이 되었을 텐데." 아쉬워하던 엄마는 내게 다양한 걸 가르쳤다. 피아노, 플루트, 바이올린, 가야금 같은 악기를 비롯해 뮤지컬, 한문, 서예, 미술, 글짓기 같은 것도 배웠다. 좋은 것을 보여주겠다며 산이나 들, 바다, 유적지, 명소 등에 다니기도 했는데, 무엇을 하든지 간에 나는 아무것도 하지 않고 집에 있고 싶었다.

어디에 가면 엄마는 자신이 아는 것을 열심히 설명해주었다. 그때는 아는 것을 일러주는 줄 알았지만, 지금에 와서 다시 생각해보면 매번 뭔가를 흘끔거렸다. 앨범 재킷에 적힌 설명이나 표지판, 안내 책자에 적힌 것들. 거기에 있는 것을 읽고 추려 내게 일러주었다. "여기는 이런 걸 하던 곳이야"라던가 "그랬다고 하더라" 하며 엄마는 고개를 끄덕였다. 가르침과 동시에 배워나갔을 거다. 내가 어떤 삶을 살길 바란다는 말을 해주었던가. 했을까. 기억나지 않지만, 무슨 말을 했던 매번 누군가 내게 원하는 반대편으로 걸으려고 애를 썼다.

학창시절, 손쓸 수 없이 제멋대로 지낸 엄마 마음을 어지럽히곤 했다. "그렇게 잘 가르쳐주고 일러주었는데 왜 내 딸은 저렇게 엉망진창으로 자라나는지." 엄마는 이해할 수 없었을 거다. 나도 이런 내게 자꾸 말을 거는 엄마를 이해할 수 없었으니까. 그때는 잘 몰랐던 엄마를 이런 오후에 마주치곤 한다. 어느 유명한 그림을 보거나 음악을 듣거나, 좋은 풍경 앞에 서서 낯설지 않은 기분이 들면 그 자리에서 익숙한 엄마 목소리가 들린다. 듣는다. 가만히, 들어본다.

"그런데 어머니가 타계한 지 얼마 되지 않은 11월의 어느 날 저녁, 나는 사진들을 정리했다. 나는 어머니를 '되찾을 수 있으리라' 희망하지 않았고, 나는 '한 존재의 이 사진들'에서 아무것도 기대하지 않았다. '우리는 그에 대해서 생각하는 것만으로도 이런 사진들 앞에서보다 그를 더 잘 회상할 수 있다.'(프루스트) 나는 초상(初喪)의 가장 끔찍한 특징들 가운데 하나인 그 숙명성을 통해 사진의 이미지들을 들여다보았자 소용없을 것이고, 어머니의 모습을 결코 더 이상 회상할 수(모습 전체를 나에게 불러올 수) 없으리라는 점을 잘 알고 있었다. 아니다, 나는 발레리가 자기 어머니를 여의었을 때 소망한 것처럼, '나 자신만을 위해서 어머니에 대한 작은 단장집을 집필하고' 싶었다(어머니에 대한 활자화된 기억이 최소한 내가 명성이 있을 동안만은 지속될 수 있도록, 아마 나는 언젠가 이 단장집을 쓸 것이다). 게다가 내가 지녔던 어머니의 사진들 가운데 한 장을 제외하면 그것들을 내가 좋아한다고 말할 수조차 없었다. 내가 공개한 이 예외적인 사진은 젊은 날의 어머니가 랑드 지방의 해변에서 걷고 있는 모습을 보여주고 있는데, 나는 그 속에서-너무 멀리 보이는 어머니 얼굴은 볼 수가 없었지만- 어머니의 거동, 건강, 밝은 표정과 '다시 만났다'."

롤랑 바르트, 『밝은 방』 중에서

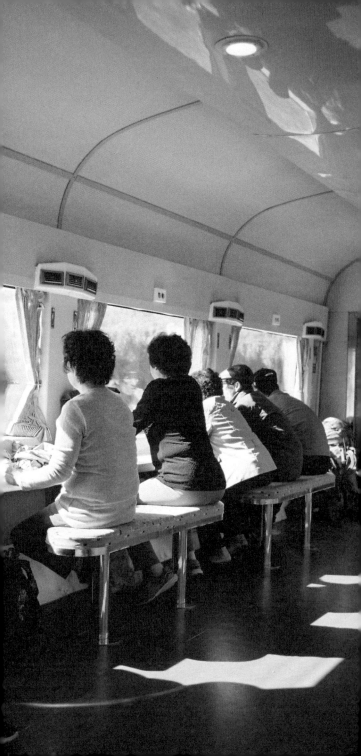

〔 우리의 점심 〕

산책

여름에 입사했고 겨울이 되었다. 입사 날부터 하루에 만 원씩 정기 적금을 붓는데 오늘 150만 원인 걸 보니 150일이 흘렀을 거다. 낯선 얼굴들이 제법 익숙해졌고, 어색하게 쌓여 있던 책상 위 물건들도 제자리를 찾았다. 이제는 매일 반복하는 몇 가지 일은 자세히 설명할 수도 있다.

일단 사무실에 도착하면 옷걸이에 외투를 걸고 컴퓨터를 켠다. 컴퓨터가 켜지는 동안 책상 위에 놓인 머그잔과 티 박스를 들어 올린다. 립스틱 자국과 어제 마시다 남은 커피가 말라붙은 컵을 한 손에, 찻잎이 든 케이스를 다른 한 손에 들고 3층 탕비실로 올라간다. 그곳에는 작은 창이 하나 있는데 내가 들르는 시간에는 매번 햇볕이 든다. 차를 우리려면 3~5분 정도가 걸리기에 차 거름망을 뒤적거리며 멍하니 그 빛을 보고 있다. 매일 아침 같은 동작을 반복하면 자칫 지루해질 수도 있는데 아직까지는 괜찮다. 계절이 지날 때마다 빛이 떨어지는 위치가 미묘하게 달라지고 우려내는 차에 따라 주변 냄새도 달라지기에 완전히 같은 일이 반복된다고 느낀 적은 별로 없다.

점심은 팀원들과 보낸다. 프리랜서로 일할 때는 거의 혼자 점심을 먹었다. 홀로 먹을 때는 뭘 먹어도 맛이 별로 없다. 그런 식사를 꽤 오래 해왔기 때문인지 누군가들과 같은 식탁에 앉는 일에는 특별히 고마운 마음이 든다. 우리 팀에는 재미있는 사람들이 많아 웃음이 꽉 채워지는 점도 그렇다. 점심을 먹고 난 뒤에는 산책을 하러 간다. 회사에서는 스스로 앞장서는 일이 거의 없는데 산책만큼은 먼저 나선다. "혹시 산책하러 가실 분?"이라 작게 묻고 그때마다 가겠다고 대답하는 몇 사람과 걷는다. 열 명의 팀원 중 서너 명이 주로 산책을 하러 간다.

회사 주변은 상가나 차가 많기에 조금 걸어 여유로운 동네로 간다. 첫 산책을 하고 다음 날, 그다음 날, 또 그다음 날에도 몇 번씩 같은 길을 따라 걷다 보니 그건 산책로 같은 게 되었다. 같이 걷는 길이기는 하지만 아마, 내가 가고 싶은 길이었을 거다. 걸음이 빨라 늘 앞장서 걷게 되고 뒤따라오던 사람들은 내가 걷는 쪽으로 자연스레 따라오게 되니까. 어쨌든 우리에게는 이제 익숙한 길이 몇 있다. 산책을 몇 번씩 같이 다닌 멤버들은 이제 어느 자리에서 방향을 꺾을지, 그 골목을 돌아가면 무엇을 보게 될지 알고 있다. 나는 매번 내 속도로 걷다가 가끔 그들이 잘 오고 있나 뒤를 돌아본다.

산책로는 그저 한가한 주택가라. 공원이나 숲에서 볼 수 있는 만족스러운 풍경은 없다. 그래도 걷다 보면 자꾸 눈여겨보게 되는 것들이 생긴다. 창이 큰 어느 카페 창틀에는 자주 개가 앉아 있는다. 우리는 그 앞 놀이터에서 시소를 타다가 녀석을 발견했다. 멀리서는 귀엽게 고개를 갸웃거리고 있었는데 가까이 다가갔더니 사납게 짖어댔다. "귀여운 게 성깔이 아주!" "겁이 많아서 그런 것 같아요. 요, 겁쟁이!" "알겠어. 우리 갈게. 갈게. 그만 짖어." 그 뒤로는 카페 앞을 지날 때마다 모두 함께 창을 돌아본다. 창이 닫혀 있는 날에는 고개를 쭉 빼고 안쪽을 살피기도 한다. 개가 생각하는 적정선이 어딘가 있는 것 같은데 그 지점을 넘으면 어김없이 표정을 바꿔 짖는다. 매일 비슷한 말을 중얼거리며 우리는 쫓겨나는 행색으로 웃으며 그 앞을 지난다.

그 카페에서 멀지 않은, 그러니까 시소를 타던 놀이터가 있는 아파트 단지 입구에는 모과나무가 한 그루 있다. 우연히 모과를 발견했을 때는 열매가 연두색이었다. 언제부턴가 노랗게 익었는지를 확인하는 것도 산책의 일부가 되었다. 처음에는 혼자 생각만 하다가 나도 모르게 "언제 노랗게 될까요?"라고 중얼거렸고 동료들도 "그러게요" 하며 한동안 나무를 같이 봐주었다. 그 뒤로는 "모과 노랗게 되었나 보러 갈래요?"라는 말이 "산책하러 갈래요?" 대신 쓰이기도 했다.

늦가을, 오랜만에 나무 쪽으로 걷는데 동료가 "나중에 모과를 보면 선아 씨 생각이 날 것 같아요"라고 말했다. 정말 그럴까. 회사를 영원히 다니지는 않을 것이고, 지금 매일 같이 점심을 먹는 사람 중에는 만나지 못하게 될 사람들이 더 많을 거다. 그런 이들 중 몇이 어느 가을에 어슬렁거리며 걷다가 노란 모과를 보고 나를 떠올리는 모습을 상상해봤다. 지금보다 주름지고 허리도 굽고 걸음도 더 느린 동료는 어떤 모습일까. 알 수 없었다. 다만, 그날은 평소보다 느리게 걸을 수 있었다. 요즘은 추워서 점심 산책은 하지 않는다.

한 친구가 프라이드 치킨을 사왔다. 또 한 친구가 수박을 사왔다. 예닐곱 명쯤으로 잡은 인원이 웬일로 열 명 넘게 불었는데 그들 모두 먹고도 남을 지경으로 커다란 수박이었고 많은 닭고기였다. 단지 포도주만이 모자랐다. 그 모자람을 우리는 간간이 자리를 떠 공원을 산책하는 것으로 채웠다. 친구들은 내 정원에 아낌없는 찬사를 보내줘 나를 보람차게 했다. 포도주 파티는 저녁 5시에 시작했는데 10시가 넘어서 파했다. 해가 지기 전부터 모여든 불청객 모기떼들이 우리의 야회를 괴롭혔고 더욱 생기 있게도 했다. 다음에는 꼭 모기향을 준비하리라 다짐했었는데 그 이후 그런 자리를 마련할 기회가 없었다.

황인숙, 『인숙만필』 중에서

〔 주차장 쪽으로 〕
산책

늦은 밤에 만나는 고양이가 있다. 젖소 무늬를 가진 녀석인데 한 달에 서너 번, 집 아래 주차장에서 나를 기다린다. '기다린다'는 말이 머쓱하긴 하다. 매일 보는 것도 아니고 어쩌다 마주치는 고양이가 자신을 기다리는지, 그냥 지나가던 길이었는지 나로서는 알 수 없지만 그 아이와 마주할 때마다 '오늘도 여기서 기다려줬구나' 생각하게 된다.

처음 마주쳤을 때는 그런 생각을 하지 않았다. 길에서 만나는 고양이는 대부분 금방 도망을 가버리니 조심스럽게 거리를 유지하면서 바라보았을 뿐이다. 어정쩡한 위치에서 눈치를 보던 고양이가 갑자기 내 쪽으로 걸어왔다. 보통 다른 고양이와 마주칠 때는 먼저 다가가게 되는데 고양이 쪽에서 먼저 움직이니 당황스러웠다. 어디까지 다가오려나. 그대로 있었더니 이 용감한 고양이는 망설이지 않고 무릎 앞까지 왔다. 손을 뻗으니 뒷걸음질을 치기에 딱히 다른 동작을 취하지는 않았고 주변을 서성일 수 있는 시간을 주었다. 녀석의 눈동자에는 여러 말이 적혀 있었지만 어느 것 하나 제대로 읽지 못했다.

"잠깐만 기다려"라고 말한 뒤, 집으로 뛰어 올라갔다. 아무래도 길에 사는 고양이에게는 밥과 물이 최고겠지, 생각하면서. 혹시나 내 말을 못 알아듣고 그 틈에 가버릴까 조바심이 나서 우리 집 고양이의 사료와 생수를 급히 챙겨 내려갔다. 고양이는 그 자리에 그대로 앉아 나를 멀뚱히 보고 있었다.

그런 식으로 몇 번 더 마주쳤다. 처음에는 주차장 구석진 자리에 먹을 것을 두고 녀석이 그쪽으로 다가가는 것을 확인한 뒤, 집으로 올라왔다. 요즘은 먹을 것은 쳐다보지 않고 내 쪽으로 먼저 온다. 다가와 몸을 비비고, 앞에 드러누워 바닥을 열심히 휘젓기도 한다. 이게 뭘 의미하는 건지 잘 모르겠지만 이해하는 듯한 표정을 짓고 고개를 끄덕거린다. 그 아이 쪽에서 먼저 내 마음을 읽은 것처럼 행동하기에 나도 그렇게 한 번 해보는 거다. 어느 정도 인사하는 시간이 지나면 고양이는 내가 가져온 물을 먼저 먹는다. 급하게 먹지 않고 여유롭고 우아하게, 내가 자신을 보고 있는지를 적당히 의식하며 물을 마시고 바로 옆 그릇으로 입을 옮겨 사료를 포크레인처럼 퍼먹는다.

녀석과 마주칠 때의 상황은 매번 극적인데 아마 현관등의 역할이 클 것이다. 거리에서 주차장으로 들어서면 자동으로 등이 켜지고 늘 같은 자리에 고양이가 볼링공처럼 앉아 있다. 불이 켜지고 내가 온 것을 확인하면 녀석은 내 쪽으로 걸어온다. 그러니까 이 녀석이 우리 집 주차장에 있는 날에, 나를 기다렸다고 느끼게 되는 것은 착각이 아니다.

　어제는 꽤 오랜만에 녀석과 마주쳤다. 평소처럼 사료와 물을 갖고 내려왔고, 고양이는 또 내 몸에 자기 몸을 비볐다. 사료를 먹기 시작하기에 집으로 들어가려고 일어서는데 녀석이 먹던 것을 두고 내 뒤를 따라왔다. "어? 야, 가서 더 먹어. 나 집에 갈 거야." 고양이는 내 말을 무시하고 나를 바짝 따라왔다. 자동등이 켜지는 현관 아래까지 쫓아오기에 긴장을 했다.

　'집까지 따라 들어오면 어떻게 해야 하지.' 고민이 되었다. 비밀번호를 누르고 현관에 들어서자 고양이는 뒷걸음질을 쳤다. 혹시 들어 오려나 싶어서 잠시 현관문을 잡고 있다가 문을 닫았다. 유리 밖으로 문 앞에 앉아 있는 녀석이 보였다. 손을 흔들고 집으로 들어왔다.

오늘, 출근하는 길에 근처 편의점 앞에서 다시 그 고양이를 봤다. 내가 서 있는 반대편을 보고 있어서 걔는 나를 보지 못한 것 같다. 우리 집 아래에서 봤을 때는 꽤 씩씩한 고양이였는데 어느 차 밑에 납작 엎드려 들어가 있는 모습은 내가 알던 모양과 달랐다. 곧 겨울이 오는데, 잘 지낼 수 있으려나. 그런 생각을 하며 걸음을 옮겼다.

자꾸 아침에 본 모양이 생각나기에 그 아이에게 따뜻한 머물 곳이 있고, 우리 집 주차장은 산책하다 들르는 곳이라고 상상해봤다. 고양이에게도 산책길 같은 게 있을 거라고, '오늘은 그 주차장 집 쪽으로 한번 산책을 가볼까' 하고 나서서 오는 거라 믿고 싶지만, 잘 믿기지 않는다. 이번 겨울에도 종종 씩씩하고 우아한 얼굴로 나를 기다려주면 좋겠는데, 그럴 수 있으려나. 이럴 때마다 나는 잘 모르기만 하는 사람이 되어버린다.

"브로드채널 역에서 내려 서틀버스를 탔다. 온화한 10월의 하루였다. 기차에서 조용한 거리로 들어서는 이 짤막한 산책이 좋았다. 한 걸음 내디딜 때마다 그만큼 더 바다에 가까워졌다. 이젠 갈망에 차서 부서진 널판 틈새로 훔쳐보지 않아도 된다. '들어가지 마시오.' 표지는 무시하고 처음으로 내 집 안으로 들어갔다. 텅 빈 집 안에는 현이 끊어진 어린이용 어쿠스틱 기타와 검은 고무 말밥굽 하나밖에 없었다. 좋기만 했다. 작은 방들 녹슨 싱크대 아치형 천장 퀴퀴한 동물 냄새와 섞인 백 년 묵은 집 냄새. 곰팡이와 지독한 습기에 기침이 도져서 아주 오래 있을 수는 없었지만, 열정은 꺼지지 않았다. 정확히 내가 해야 할 일을 알고 있었다. 커다란 방 하나, 환충기 하나, 채광창, 시골풍 개수대, 책상, 책 몇 권, 데이베드, 멕시코 타일 마루 그리고 난로. 비딱하게 기운 포치에 앉아 질긴 민들레가 군데군데 돋아난 마당을 소녀처럼 행복에 젖어 바라보았다. 바람이 불자 바다가 느껴졌다. 내 집 문을 닫고 현관을 잠그는데 벌어진 널판 사이로 길고양이 한 마리가 디밀고 들어왔다. 미안해. 오늘은 우유가 없어, 오로지 기쁨뿐이야. 나는 낡아빠진 방책 앞에 섰다. 나의 알라모, 라고 불렀다. 그 순간부터 내 집에는 이름이 생겼다."

패티 스미스, 『M 트레인』 중에서

〔 친구네 집으로 〕
산책

크리스마스이브에 생일을 맞았던 친구가 있다. 제때 축하하고 싶었는데 시간이 없었고 어느 틈에 1월이 되었다. '아, 선물 사야지!' 하고 연말에 회사 근처 서점에서 사둔 LP, 연초에 잠을 자려다가 일어나서 써둔 편지, 그런 것들이 봉투에 담긴 채 서랍 속에 들어 있었다. 선물꾸러미를 꺼내 들고 친구네 집 쪽으로 걷기 시작했다.

횡단보도에서 신호를 기다리다가 휴대폰 지도를 켰다. 그의 집과 우리 집에 핀을 지정하고 거리를 측정해봤다. 1.5킬로미터. 도보로 22분이 예상되는 거리다. 나는 걸음이 빠른 편이니 20분이 채 걸리지 않을 거다. 친구와 내가 그리 바쁘지 않았을 때는 여러 번 오가던 길이지만 다니는 회사가 바뀌고 전보다 만나는 일이 적어지면서 이 방향으로 걷는 일도 자연스레 줄었다.

친구 집은 언덕 위에 있다. 처음 이 집에 놀러 갈 때는 서울 한복판에 이런 언덕이 있다는 사실이 낯설었고, 그 집에 간 횟수가 양손으로 셀 수 없게 되었을 때도 언덕길은 익숙해지지 않았다. 마을버스가 다니긴 하는데, 버스를 지켜보면 그도 힘겹게 오른다고 느껴질 정도라, 이런 식의 장소에 매일 한 번 이상씩 올라갈 생각을 하면 아득해진다. 친구의 집은 높은 언덕을 오르는 고통만큼 좋은 집이지만 아무리 좋아도 살고 싶지는 않았고 자주 이 집에 놀러 가는 쪽을 좋아해왔다. 고향 집에서 가져온 반찬을 나눠주러 가기도 했고, 친구와 놀고 헤어질 때는 일부러 우리 집을 지나쳐 그 집 쪽으로 더 걸어가기도 했다.

언덕을 다 올랐을 무렵에 전화를 걸었다. "뭐해? 나 너희 집에 올라가고 있는데." 문을 두드리자 친구가 나왔다. 그의 친구들이 집 안에 있었다. 가볍게 인사를 하고 가져온 봉투를 내밀었다. 늦은 생일 선물이라 말하자, 웃었다. 오랜만이다. 기대하지 않은 일을 맞이할 때, 무방비로 변하는 친구의 얼굴. 처음에 우리가 가까워지던 때, 이 웃음을 보고 기뻤던 일이 떠올랐다. 대체로 무표정한 얼굴이 웃음으로 변하는 순간을 발견한 적이 있었고, 그걸 자꾸 보고 싶어서 이것저것 건네기도 하고 재미있는 일을 궁리했었다. 집에 들어오라는 말을 만류하고 다시 언덕을 내려왔다. 넓고 평평한 길로 나올 때까지 웃는 얼굴을 생각했다. 이 길을 오르는 게 뭐라고 이렇게 미뤄왔을까. 내리막길이라 그런지 모든 게 쉽게 느껴졌다.

집에 도착해서 새로 산 잠옷을 꺼내 입었다. 며칠 전에 산 비싼 것이다. 평일에 잠을 잘 시간이 부족해서 주말에 낮잠을 자곤 하는데 자다 보면 저녁이 되어 있다. 그렇게 일어나 거울을 봤을 때, 구멍이 나거나 얼룩진 잠옷을 보면 어쩐지 서럽기에 잠옷을 사봤다. 이번에 새로 산 파자마 바지 가격은 14만 9천 원이다. '사는 게 바빠지는 일을 막을 수 있을까. 혼자가 되고 마는 일에서 도망칠 수 있을까.' 그런 생각을 하며 카드를 긁었었다.

보드라운 잠옷을 입고 따뜻한 이불 안에 들어갔다.

"한옥 마을에 모처럼 산책을 나간 나는 조그만 길모퉁이. 스치는 차 안에서 선생을 봅니다. 선생은 마치 인디언 추장 같습니다. 혼자 다니는 법이 없이 언제나 사람들을 몰고 바람처럼 나타나는, 그런 사람입니다. 그날도 주변 사람들 우르르 몰아 차를 타고 가는 모습을 스치듯 지나쳤습니다. 서로 "어어~" 하며 손짓만 짓다가, 그냥 그렇게 지나쳐버렸지요."

이해인, 『김점선 스타일 2』중에서

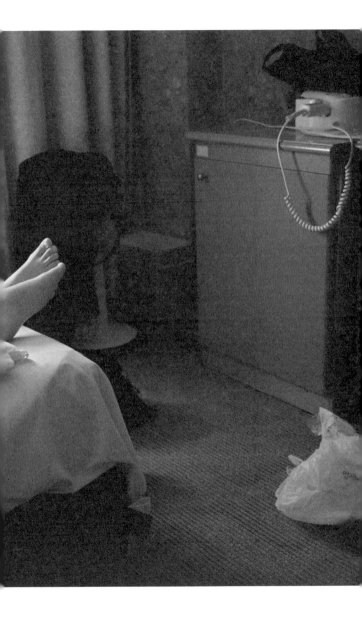

〔 용기 있게 〕
산책

기차 안에 언성을 높이며 싸우는 부부가 있다. 근처에 앉아 부부 싸움을 구경하던 남녀의 눈이 마주친다. 잠시 서로를 바라보다가 남자는 여자 쪽으로 자리를 옮긴다. "두 사람이 왜 싸우는지 알아요?" 대화가 시작된다. 멈출 기미가 보이지 않는다. 질문은 답으로 답은 또 질문으로 그 질문은 다시 답으로. 자연스레 둘의 이야기가 이어진다. 어느새 남자가 내려야 하는 역이 다가오고 그는 함께 기차에서 내리자고 제안한다. 다음 날 비행기를 타야 해서 하루를 혼자 보내야 하는데 그 시간을 같이 하자면서. 여자는 남자를 따라 기차에서 내린다.

1995년에 개봉했던 <비포 선라이즈>의 줄거리다. 10여 년 전에 이 영화를 처음 봤다. 그때는 두 사람이 눈을 마주치는 순간이 멋졌다. 처음 보는 사람과 눈을 잘 마주치지 못하고, 말을 거는 일은 상상도 못 해본 나로선, 그들이 서로를 빤히 바라보는 용기가 대단해 보였다. 그렇게 있다가 낯선 사람에게 말을 걸고, 농을 던지고, 옆에 앉고, 같이 걷자고 하거나, 적절한 타이밍에 어울리는 얘길 하고, 자연스레 다시 만나길 바란다고 말하는 것. 어떻게 저런 용기를 낼 수 있을까.

여행을 떠날 때는 <비포 선라이즈> 같은 일이 일어날지도 모른다고 기대하며 마음 깊이 용기를 넣어두곤 했다. 그리고 정말. 여행을 가서 낯선 이에게 말을 걸어본 일이 생겼었다. 흥분해서 써둔 일기도 있다.

"어제는 모르는 남자에게 번호를 물었다. 태어나서 한 번도 해본 적 없는, 나 같은 사람은 평생 해볼 수 없는 일이라 여겼던 일이다. 망설이고 있을 때는 그래선 안 되는 이유만 떠올랐는데, 막상 하룻밤이 지나고 나니 그 이유들은 다 무색하다.

원래의 목적인 그를 다시 만나는 일은 중요하지만 중요하지 않기도 한 일이 되었다. 그보단 얼른 돌아가서 번호를 물으라고 응원하던 친구의 표정, 휴대폰을 내밀 때의 떨림, 당황한 눈동자, 집에 돌아올 때 발의 리듬과 의기양양함, 한동안 지어본 적 없던 푼수 같은 웃음. 무엇보다 그간의 무력과 권태가 허무하게 무너질 때, 써본 적 없는 마음 근육을 써봤다. 그것들을 되짚으며 천장을 멀뚱히 보는 아침이다.

이게 뭐라고 이렇게 들뜨고 재미있고 웃긴 거지? 오후에는 '태어나서 한 번도 해본 적 없는, 나 같은 사람은 평생 해볼 수 없는 일이라 여겼던 리스트'를 적어볼까, 싶다. 아 왜케 즐거웡…."

얼마 전에 <비포 선라이즈>를 또 한 번 봤는데 이번에 느낀 단 하나의 용기는 '기차에 오른 일'이다. 영화는 기차 안에서 시작하지만, 두 사람이 서로의 집에서 나오게 되는 순간이 있었을 거다. 각기 앉아 있던 일상, 어떤 이유로든 익숙한 자리에서 벗어나 기차에 올랐다. 짐 가방을 꺼내고, 책 몇 권과 옷을 챙겨 넣고, 비행기와 기차표를 끊고, 안전한 자리에서 일어난 것. 그 용기로부터 모든 게 시작된 것처럼 보였다.

<비포 선라이즈>를 처음 보았던 10대의 나에게 기차 타는 일 따위는 용기가 아녔을 거다. 당연하고 마땅한 일이라, 다음의 말과 행동이 더 대단하게 보였을지도 모르겠다. 지금의 나는 기차 타는 일에도 용기가 필요하다. '회사에 연차를 제출할 수 있을까. 그때 같이 갈 사람이 있나. 혼자 떠나볼까. 그냥 집에서 쉬는 게 낫지 않을까.' 요즈음의 내 주변에는 작고 적은 용기만이 머문다. 일, 사랑, 우정, 가족, 여행, 주말 심지어 매일 하는 산책에도 관성이 생겼다. 뭔가 사건을 만들려면 전과 다르게 심호흡을 크게 하고 마음을 단단히 여며야 한다. 자연스레 용기 내는 사람을 보는 마음도 전과 달라졌다. 아름답다. 용기를 내 기차에 오르는 사람에게는 이유를 묻지 않고 "멋지다"고 말하게 된다.

나도 멋지면 좋겠지만, 요즘은 어느 일 하나에 용기 없이 사는 자신이 제법 마음에 든다. 기차에 오르는 일을 포기한 대신 관성에 기대 하루를 보내고, 매일 부지런히 걸어 출근을 하고, 동네에서 편안한 친구를 만나고, 자기 전에 고양이와 이야기를 나눈다. 괜찮고 충분해서 용기는 아껴둬도 괜찮지, 싶다.

이러다 어느 날에는 또 거대한 용기가 올 수 있을까. 오면 좋지. 감당할 수 없이 커다란 용기가 온 날, 잠이 오지 않아 침대에 누워 있는데 이불 밖으로 나온 내 발가락들이 요란스레 움직이던 모양이 떠오른다. 그 모습을 상상하며 웃다가 조용히 잠에 든다.

"유감이군요. 옛시가지는 우리 도시에서 가장 멋진 곳이고, 여기서 아주 가깝답니다. 게다가 지금 날씨는 그야말로 기가 막히죠. 공기가 좀 쌀쌀하긴 해도 화창한 날씨예요. 아직은 밖에 앉아 있을 수 없을 만큼 춥진 않지만, 그래도 재킷이나 가벼운 코트를 걸쳐야 할 겁니다. 옛시가지를 둘러보기에는 오늘이 가장 좋은 날이에요."

"지금 나한테 필요한 건 바로 맑은 공기일지도 모르겠군요."

"부디 그렇게 하십시오. 선생님이 옛시가지를 잠시라도 산책해보지 않고 우리 도시를 떠나게 된다면, 그렇게 유감스러운 일은 없을 겁니다."

"그럴 생각입니다. 지금 당장 가보겠습니다."

"옛광장의 헝가리 카페에 잠시만이라도 앉아 계시면 절대로 후회하지 않으실 겁니다. 거기에 가시거든 커피와 사과파이를 주문하세요. 그런데 선생님, 저는 방금…" 포터는 잠시 말을 끊었다가 다시 이었다. "선생님께 한 가지 사소한 부탁을 드려도 될지 어떨지를 생각하고 있었습니다. 평소 때라면 절대로 손님한테 부탁 같은 건 드리지 않겠지만, 선생님의 경우에는… 우리가 이미 서로를 잘 알게 되었다는 생각이 들어서요."

　가즈오 이시구로, 『위로받지 못한 사람들 1』 중에서

〔 여행 혹은 〕
산책

집에서 혼자 저녁을 먹으며 영상을 보는 게 낙이었던 적이 있다. 매일의 기쁨은 아니었고 야근이 없는, 일주일에 두어 번 정도 누릴 수 있는 사치였다. 정시에 퇴근하면 버스 안에서 궁리했다. '오늘은 뭘 보면서 어떤 걸 먹을까.' 고민 끝에 가장 많이 고른 메뉴는 떡볶이였고 볼거리는 <한국인의 밥상>이라는 티브이 프로그램이었다. 앉은 자리에서 창밖을 내다보고 싶을 땐 그걸 틀어놓곤 했다.

<한국인의 밥상>은 최불암 아저씨가 전국을 돌아다니며 음식 이야기를 들려주는 프로그램이다. 친구들에게 얘기하면 대개는 관심이 없었다. 누군가와 이것에 대해 떠들고 싶은데 다들 시큰둥한 반응이기에 "한국인의 밥상, 완전 근사한데…"라고 혼잣말로 마무리 짓곤 했다. 이 프로그램은 음식을 이야기하지만 맛집을 소개하거나 조리법을 알려주지는 않는다. 등장하는 사람들이 시청자를 웃기거나 울리려고 애쓰지도 않는다. 그런 걸 무슨 재미로 보냐고 되물으면 이 에피소드를 설명했다.

젊은 여자가 시골에서 엄마와 농사를 짓고 있다. 아빠는 얼마 전에 사고로 세상을 떠났다. 여자는 도시에서 하던 일(그는 선생님이다.)을 쉬고 엄마를 돕기 위해 고향 집에 내려온 거다. 저녁으로 먹을 음식 재료를 손질하는 여자에게 피디가 묻는다. "시골에서 농사짓는 게 힘들어요? 아이들 가르치는 게 힘들어요?" 여자는 덤덤한 표정으로 "음, 애들 가르칠 때는 농사짓고 싶고 농사지을 때는 애들 가르치고 싶죠"라고 답한다. 이럴 때, 나는 잠시 떡볶이 오물거리기를 멈춰야 한다. 아버지 없이 남은 가족들이 밥을 먹는 장면도 마찬가지다. 가족들이 둘러앉아 "아버지가 이걸 참 좋아하셨는데" 하면 몇 사람이 고개를 끄덕거린다. 나도 모르게 고개를 위아래로 움직이고 있다.

여자와 그의 가족들도 어딘가에서 울 거다. 하지만 아빠가 좋아하던 음식이나 카메라 앞에서는 울지 않는다. 그 안에서 나오는 무심한 슬픔, 기쁨 혹은 아무 일도 일어나지 않을 것 같은 평온한 일상을 바라보고 있으면 '저곳에 가서 저들이 먹는 것을 먹어보고 싶다'라는 생각이 들었다. 요란한 서울의 하루를 보낸 저녁에는 그런 걸 보며 어느 동네를 상상하는 일이 위안을 줬다.

이 프로그램이 주는 묵묵한 위로에 감동하기를 몇 번 반복하다가 주변 사람들에게 "우리, 이번 주말에 서울 밖에 놀러 가서 맛있는 거 먹자"라고 메시지를 보내기 시작했다. 이전에는 오로지 비행기를 타는 여행에만 관심이 있었다. 휴가에 맞춰 끊어놓은 비행기 표를 보며 몇 달을 버티는 건 희망이자 고문이었는데 그땐 국내여행을 '여행'이라 여기지 않았다. 차를 타고, 기차를 타고, 버스를 타고 떠날 수 있는 곳은 여행지라 부르기 아까웠다.

그래서일까. 터미널에서 낯선 도시로 향하는 차표를 사고 버스에 타면 긴 산책의 출발점에 서 있는 것 같았다. 어느 날엔 자가용, 어떤 날에는 기차를 타고 몇 번씩 서울을 떠나고 돌아오는 일을 반복했다. 집으로 돌아오며 내게 물은 적이 있다. '이건 여행일까? 산책일까?' 고속도로에서 '서울시'라는 푯말을 보며 공항에서 느끼는 비슷한 기분을 느꼈기에 물어본 거다. 잠깐 고민했는데, 사실 여행인지 산책인지가 그렇게 중요하진 않았다. 떠난다는 거창한 느낌 없이 떠날 수 있는 즐거움을 알게 된 것이 기뻤을 뿐이다.

국내여행을 나설 때는 백팩에 잠옷이나 화장품, 카메라, 책 한 권 정도를 챙겨 집을 나선다. 휴게소에서 간단히 뭔가 사 먹고 한숨 자면 어딘가에 도착한다. 여유를 부리며 걷는다. 외국이라면 조급하고 아까울 법한 시간인데, 한국이다. 길을 잃을 걱정도 없고 아까울 만큼의 비용을 지불하지도 않았다. 발길이 닿는 대로 걷다 보면 모르는 단어가 없고 오히려 친숙한 것들이 눈에 띈다. 밭두렁에 앉아 이야기 나누는 할머니들의 얘기를 엿듣기도 하고, 장기 두는 할아버지들 옆에 가만히 앉아 있어보기도 한다. 낡은 다방이나 호텔에 가보기도 하고, 어느 학교 운동장에 가서 어슬렁거릴 때도 있다. 익숙하지만 낯선 일이다. '서울에서 바쁜 시간을 보낼 때, 여기엔 이런 시간이 흐르고 있었구나.' 느릿느릿 걷는다.

여행의 시작은 <한국인의 밥상>이었지만, 요즘은 그걸 잊고 한국 구석구석을 돌아다니는 일만 생각하고 있다. 주말이나 친구, 가족의 휴가 날이 오면 작은 가방을 짊어지고 어딘가로 향한다. 얼마 전에는 한국 지도도 하나 마련했다. 내 손바닥만 한 지도를 들여다보며 생소한 이름을 소리 내어 읽어본다. 생각보다 처음 읽어보는 이름이 많고, 그건 아직도 가야 할 마을이 많다는 얘기이기도 하다. 내년 이맘때는 좀 더 아는 이름이 많아질 수 있으려나.

"그러나 저는 <디스턴스>에서 구태여 배우에게 애드리브를 요구했습니다. 그들이 역할에 완전히 빠져서 분출하는 단 한 번의 대사나 움직임, 표정을 카메라에 담으려 했던 겁니다. 이 영화에서 몇 장면은 제가 원하는 대로 실현되었습니다.

이를테면 나쓰카와 유이 씨.

나쓰카와 씨에게 배역을 의뢰할 때, 그녀는 '각본에 쓰여 있지 않은 말을 한 적은 한 번도 없어요'라고 했습니다. '저는 이런 말투보다는 저런 말투가 더 말하기 쉽다는 식의 의견을 감독님께 전한 적은 있지만, 각본에 없는 말을 한다는 건 대체 뭘까요. 짐작이 안 가요. 하지만 흥미로우니까 해보고 싶어요'라며 간신히 받아들였습니다.

하지만 그녀는 실제로 현장에 들어가자 한마디도 하지 못했습니다. 배우 미팅 후 요요기하치만 신사에다 함께 산책하러 가서 시험 삼아 촬영해 봤는데, 이세야가 말을 걸어도 묵묵부답이었습니다. 카메라를 끄자 '이세야, 부탁이니까 나한테 말 걸지 말아줘'라고 했습니다. 촬영이 시작되어도 마찬가지여서 부담감 때문에 위궤양에 걸렸습니다."

고레에다 히로카즈,

『영화를 찍으며 생각한 것』 중에서

254

〔 잊어버리기 위한 〕
산책

오늘은 일요일, 경주의 어느 식물원 벤치에 누워 있다. 잠시 앉아 있으려고 했는데 온실의 햇볕과 습도 덕분에 나른해져 자연스럽게 누워버렸네. 지나가는 사람들이 나를 발견하면 놀라는 눈치지만 이 글을 다 쓸 때까지는 꼼짝하지 않고 누워 있어볼 작정이다. 아, 편하고 좋다. 벤치에 누워 연못 물 흐르는 소리나 사람들의 웅성거림을 듣고 있으니 지난주의 시름은 다 거짓말 같다.

경주에는 어제 내려왔고, 지난주에는 회사에서 힘든 일이 많았다. 평일 내내 '주말에 친구들과 경주에 놀러 가면 행복해질 것이다'라고 주문을 걸며 한 주를 버텼다. 서울역에 도착하면 단번에 기뻐질 줄 알았는데 그렇지 않았다. 기차에서 친구들 수다 떠는 소리를 들을 때도 그리 즐겁지 않았고 경주에 도착해 맛있는 쫄면을 먹었을 때도 별반 다르지 않았다. 커피를 마시며 회사에서 뭐가 힘들었는지 말해보기도 했지만 후련하지 않았다. 부지런히 걸어보고, 단것을 먹어보기도 하고, 안간힘을 써봤는데 도무지 나아질 기미가 없었다. 친구들이 그런 내 눈치를 보고 있다는 것을 알면서도 억지웃음밖에 짓지 못했다. 나 때문에 불편하지 않기를 바라며 천천히 뒤를 따라가거나 혼자 저만치 앞서 걸었다.

기대에 못 미치는 토요일을 보내고 일요일이 온 거다. 지금 누워 있는 식물원에 오기 전에는 미술관에 갔었다. 아침 내내 시무룩하게 있다가 미술관 카페 앞에서 "커피 향 좋다. 우리 전시 보고 여기서 커피 마셔도 돼?"라고 물었더니, 친구는 질문이 끝나기도 전에 "다 해! 너 하고 싶은 거, 우리 하고 싶은 거. 다 하자. 다 해도 되지! 당연히 돼!"라고 흥분해서 말했다.

전시장을 걸었다. 비누를 소재로 작품을 만드는 작가의 전시였다. 뒷짐을 지고 적당히 어슬렁거리며 걷는데 인터뷰 영상을 보고 있는 친구의 뒷모습이 보였다. 헤드폰을 꽂고 앉아 있는 그의 뒤에 조용히 섰다. 중간중간 고개를 끄덕거릴 때 영상에 나온 자막을 보면 왜 고개를 끄덕이는지 알 것 같았다. 친구는 그림에 대한 글을 쓰고 개가 뭘 좋아하는지 정확히는 모르지만 끄덕거리면 왜 그런지는 알 것 같다. 그런 걸 알고 있으니까, 어쩐지 자랑스러워졌다. 내게는 뒷모습만 봐도 알아볼 수 있고 말을 하지 않아도 왜 끄덕이는지 아는 사람이 있지. 그러고 보니 우리가 경주에 오게 된 것은 몇 주 전에 이 친구가 보고 싶은 전시가 있다고 해서였다. 내가 바로 "가자!" 하고 호텔을 예약했는데, 여기에 왜 오게 되었는지는 잊어버리고 있었다. 이 장면을 보고 싶었다.

방심하고 가만히 앉아 있으니 여러 틈으로 행복이 들어왔다. 어제는 지나치게 치밀하지 않았나, 싶다. 여행을 오면 행복해질 줄 알고 며칠 전부터 '주말엔 행복!'을 예견하니까 오히려 더 불행하게 보냈을지도 모른다. 행복은 그 이름을 생각하고 있지 않을 때, 여러 틈으로 들어오는 것 같기도 하다.

아무리 힘들어도 똑바로 직시해야만 하는 날들이 있다. 피하고 싶지만 피할 수 없는 그런 날이 있지만, 다행스럽게도 삶은 하루만 주어지는 게 아니어서 그런 날을 외면할 수 있는 날도 생긴다. 그럴 때, 우리는 같이 걸을 수 있다. 나를 좋아해주고 내가 좋아하는 사람들을 불러내 함께 걷는 거다. 어슬렁어슬렁 산책하다 보면 잊어버릴 수 있다. 잊어버리지 못할 수도 있다. 그치만, 그래도, 대부분, 잘 잊어버리곤 한다. 너무 치밀하지만 않다면 말이지. 내일은 또 출근해야 한다. 피하고 싶지만 피할 수 없는 그런 날들이 있는 거다.

"우리는 간간이 모여 방송에 필요한 컷들을 찍었고, 이상룡 선생의 증손과 마루에서 식사를 하거나 집 앞을 흐르는 낙동강 변을 산책했다. 멀리 드론이 여름 하늘을 날아다니며 우리를 촬영하는 가운데 더위에 지쳐 강변을 걷고 있으니, 마치 슬럼프에 빠져 특훈을 받으러 내려온 싱어송라이터 집단 같았다. 서울에서 하던 앨범 작업도 아득히 먼 일처럼 느껴졌다."
김목인, 『직업으로서의 음악가』 중에서

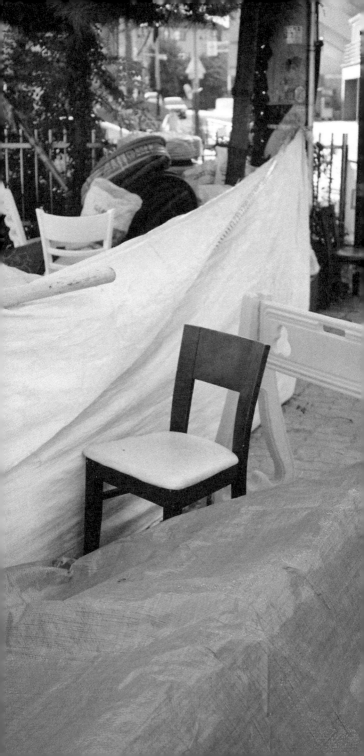

〔 짬뽕 대신 〕

산책

그 애는 내게 지하철을 타고 짬뽕을 먹으러 가자고 했다. 또래 직장인들은 데이트 신청할 때, 그런 말을 하지 않는다. 알고 그러는 것인지, 모르고 이러는 것인지, 지하철이나 짬뽕 같은 단어들을 거리낌 없이 말하는 게 귀여워 만나고 싶어졌다. "제가 낯선 사람이랑 밥을 먹으면 체하거든요. 대신 산책할래요?"

반바지에 야구모자를 쓴 남자가 멀리서 걸어왔다. 지하철과 짬뽕을 말한 사람다운 복장이었다. 차림새와 어울리게 거리낌 없이 말을 걸었고 어색하지 않은 걸음으로 산책을 시작했다. 내 어색함과 쭈뼛거림도 그 사람의 자연스러움 덕분에 금방 누그러들었다. 이야기를 나누며 걷다가 슈퍼에서 맥주도 사 마셨다. 몇 시간을 걸었다. 걷기에 편안한 시간인 것은 분명했지만 뭔가 찌릿한 게 있지는 않았다.

다음 날, 걔는 또 산책을 하자고 했다. 설레지 않는 애와 다시 한 번 오래 걸어야 할까. 잠시 고민하다 그렇게 하자고 했다. 걔와 걷지 않으면 혼자 걸어야 하는데 그건 늘 하는 일이고 요즘은 그게 그렇게 심심했다. 나란히 걷다가 흘끔거리며 내 얼굴을 살피는 이와 걷는 편이 홀로 걷는 것보다는 재미있었다. 모히또를 테이크아웃 해주는 바에 들러 두 잔의 술을 사서 한강을 따라 걸었다.

　　전날보다 열심으로 이런저런 이야기를 꺼내는 이를 옆에 두고 나는 자꾸만 딴생각을 했다. '맞아. 고등학생 때, 그 선배가 내게 산책을 가자고 해서 발을 몇 번이나 구르며 좋아했지. 그러고 보면 그 뒤로 좋아하는 사람들이 생기면 산책을 가자고 말했던 것 같네.' 이런 생각을 하고 있으면 걔는 옆에서 질문을 했다. 제대로 못 들었으니 다시 한 번 말해달라고 하면 너그럽게 질문을 반복했다. 답을 하고 난 뒤에는 하던 생각을 이어 나갔다. '그러고 보면 설레지 않는 사람에게 여지와 기회를 주며 걷는 일은 거의 없었는데….' 지금보다 어렸던 나는 좋아하지 않은 이들과 걸으며 시간을 낭비하고 싶지 않아 했다. 좋아하는 애와 걸으면서도 '애보다 더 좋은 애가 나타나면 어떡하지' 싶어 혼자 더 멀리 걸어가는 날도 더러 있었던 것 같다. 지금은 좋아하지 않는 아이와 나란히 걸을 정도로 외로운 것은 아닐까, 싶어 슬픈 조바심이 났다.

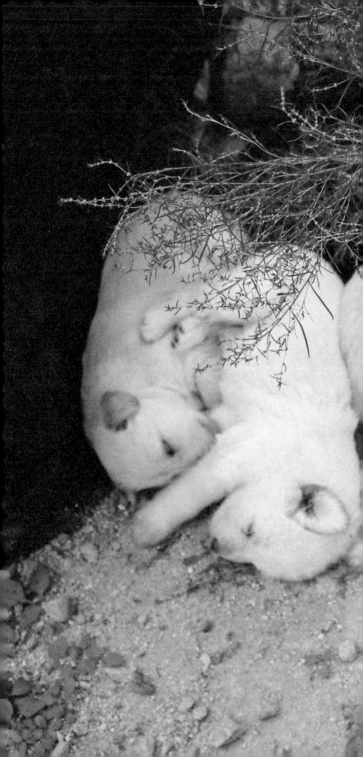

그런 내 마음을 알 리 없는 이 아이는 계속 산책을 하자고 했다. 거절할 수 없었다. 같이 걷다 보면 뭔가를 잊고 단순해지는 일이 반복되었다. 복잡한 일을 떠올리지 않게 되는 상태가 좋아 개가 가자는 쪽으로 자꾸 따라 걸었다. 함께 걸은 횟수를 정확히 기억하지 못하게 되었을 즈음 이 친구는 내게 "나는 상처받는 일이 무서워"라고 말해줬고 그에 대한 대답으로 "나는 외로움이 정말 무서워"라고 숨겨둔 이야기를 들려주었다. 우리는 각자의 두려움을 오래 이야기하고 나는 상처 주지 않기를, 그는 외롭게 만들지 않기를 다짐했다.

자신이 현재 무서워하는 감정이 무엇인지 알고 타인에게 털어놓는 일은 중요하다. 이전에는 몰랐고 털어놓은 뒤에 알았다. 그 애에게 말하기 전까지 나는 외로움을 무서워한다는 사실을 두려워하고 있었다. 지금보다 어리고 생기 넘치던 때에는 외로움 같은 것은 겁내지 않았다. 매일 뭐가 그리 바쁘고 자신감이 넘쳤는지, 외로움 말고 다른 것을 신경 쓰며 살았고 그런 나와 걷고 싶어 하는 이들이 늘 있었다. 평생 그렇게 살아갈 줄 알았다. 그런 내가 외로움을 직면하고 있다는 사실을 인정하기까지 오랜 시간이 걸렸다.

산책하는 애가 내게 말한 '상처'라는 단어를 나는 아직 잘 모른다. 언젠가 내가 두려워하는 것이 무엇보다 상처가 될 수 있겠지만 지금은 외로움이다. 외로움을 몰라 저지르는 실수가 많았을 거다. 가족에게, 친구에게, 애인에게, 자주 외로움을 선물하는 사람이었던 것 같다. 그 애에게 외로움을 고백하지 않았더라면 평생 모르고 살았을지도 모르겠다. 언젠가 상처라는 단어를 더 정확히 알게 되면 상처 주는 일도 줄여볼 수 있을까.

이런 식으로 서로의 두려움을 돌보는 일이 인간의 나약함이라면 나는 그 점을 아끼고 싶다. 사랑 앞에서 오만함을 줄여나가고 연약한 외로움을 인정하는 방식이 요즈음의 내게 살아갈 용기를 준다. 아마 앞으로도 혼자 걷는 횟수는 늘어날 거고 나와 걷고 싶어 하는 사람은 줄어들 거다. 외로움을 두려워하지 않으면 평생 그렇게 혼자서 걷게 될지도 모를 일이다. 어떤 사람들은 혼자가 좋다고 하지만 정말일까. 나도 가끔 사람들 앞에서 혼자가 좋다고 말하곤 하지만 막상 혼자가 되면 함께 있고 싶다.

짬뽕을 먹으러 가자고 용기를 냈던 아이와 반 년째 산책하고 있다. 그 애는 이제 그때만큼 애가 타게 나를 부르지 않고, 나도 그때만큼 오만한 대답을 하지 않는다. 대신 우리는 손을 꼭 붙잡고 걷는다. 걔와 걷는 일로 외로움이 완벽히 사라지지 않는다는 것을 알고, 오히려 어떤 날에는 걔가 존재함으로써 더 외롭다. 그래도 함께 걷고 싶을 때, 나란히 걸을 수 있다. 가까이서 조금의 노력으로 서로의 외로움을 덜어줄 대상이 있다는 것에 안도하는 어른이 되어가고 있다. 우리가 얼마큼 더 걸을 수 있을지는 아무도 모른다. 다시 또 혼자 걷게 되는 날에도 함께 걸었던 날의 마음을 기억할 수 있도록, 성실하고 즐겁게 산책해야지.

"침대 옆에는 낮은 테이블이 있었고 창으로는 멀리 부산 시내가 보였다. 호텔은 높은 지대에 있었고 걸어오려면 번거로웠지만 못 할 정도는 아니었다. 나는 호텔에 있는 포트로 호텔에서 주는 녹차 티백을 우려 마셨다. 가방에는 미리 챙겨온 인스턴트 커피가 있었지만 녹차를 마셨고 왜 어떤 호텔은 녹차를 주고 어떤 곳은 녹차와 커피를 주고 종종 홍차와 커피를 주는 곳도 있고 이전에는 콘소메 수프를 주는 곳도 있었는데 그건 무슨 기준인가, 알 수 없었다. 하지만 호텔이 나에게 무얼 마시라고 권하는가 늘 먼지만큼의 기대를 하게 되었다.

노트북을 테이블 위에 두고 쓰려고 마음먹은 것을 어떻게 시작할지 고민하다가 뭔가를 쓰기는 쓰다가 다시 침대로 돌아가고 조금 쓰고를 반복했다. 침대는 당연히 푹신했고 이대로 자고 싶다와 써야 한다는 생각을 반복했지만, 저녁엔 어디를 산책하면 좋겠지 이걸 먹어보면 좋겠지 하는 생각도 했다."

박솔뫼, 『인터내셔널의 밤』 중에서

271

〔 공동묘지를 〕
산책

아침부터 야한 이야기를 했다가 핀잔을 들은 적이 있었다. 그런 주제를 아침부터 꺼낸 일이 문제였던 것 같은데 아무리 생각해도 왜 그러면 안 되는지 궁금했다. 사과 깎던 칼로 사람을 찌른 것도 아니고, 매일 밤 세상 사람들이 나누는 섹스에 대해 말하는 게 잘못된 일일까. 투덜거리다가 핀잔을 준 이에게 밀라노에서 보낸 어느 아침 이야기를 들려주었다.

이른 아침에 공동묘지를 산책했었다. 일찍 깬 아침에 걷고 싶어서 지도를 켰더니 가까이에 초록색 땅이 보였다. 이태리어를 모르니 그게 무엇인지 확인할 길은 없었고 당연히 공원이라 여기며 가봤더니 공동묘지였다. 잠이 덜 깬 아침이었고 다른 공원을 찾아 나설 힘도 없었다. 가볍게 걷기만 하면 되니까 묘지라고 뭐가 이상할까 싶어 들어갔다.

들어가자마자 잠시 멈춰 섰다. 머릿속에 떠오르는 공동묘지의 장면과 눈앞에 펼쳐진 것이 달라 가벼운 충돌이 생겼고 움직일 수 없었다. 기억하는 묘지들은 대부분 정돈되어 있었다. 산을 깎아 만든 부지에 같은 크기의 묘를 정렬한 뒤, 튀지 않는 묘비와 꽃을 꽂을 수 있는 자리를 그 앞에 두는 형태였다. 이곳의 것은 달랐다. 크기와 색이 다른 묘비들이 들쭉날쭉 세워져 있고 조각상도 제각기 달리 서 있었다. 얼핏 조각 공원처럼 보이기도 했지만 그렇다고 생각하기에는 저마다 질서가 없어 오히려 그런 조각품을 버려두는 장소라 여기면 어울릴 풍경이었다.

어느 쪽으로 산책을 가볼까 두리번거리다가 눈이 닿는 대로 걷기 시작했다. 우선 묘지들을 하나씩 살펴보았다. 이태리어로 되어 있어 묘비에 적힌 사연을 읽을 수 없었고 그 덕분에 상상력을 발휘할 수 있었다. 묘비와 주변의 조각상, 꽃 같은 것은 모두 죽은 이를 사랑하던 사람들이 만들어둔 것일 텐데. 저마다 이 묘비 앞에 조금 더 머물다 가라는 손짓처럼 느껴졌다.

어느 부부의 사진이 나란히 세워진 자리에 남녀가 껴안은 조각상이 있으면 그들의 사랑을 그려볼 수 있었고, 커다랗고 위엄이 넘치는 조각상을 세워둔 남자의 묘 앞에서는 한 남자의 삶과 허영 같은 걸 가정해볼 수도 있었다. 태어난 날짜와 죽은 날짜를 확인하며 한 해도 살지 않은 아이의 납골함 앞에서는 그의 부모의 울음소리 같은 것을 들어봤다. 상상이 지나치게 멀리 가자 미안함이 들기도 했다. 이 자리에는 수많은 사람의 시체가 묻혀 있고 그 망령들이 머물고 있지 않나. 속으로 작게 '미안해요 여러분!' 하고 지나치면서도 상상을 멈출 수는 없었다.

혼자 상상만 하다가 입을 열었다. "죽음을 생각해본 적이 있어?" 이런저런 생각을 하며 말없이 걷는 동안 내 옆에는 오랜 친구가 있었다. 친구는 고민하며 질문의 답을 주고 그 답을 들으며 나 역시도 내가 겪은 상황을 설명했다.

밀라노에 오기 직전에 죽음을 생각한 적이 있었다. 자려고 누워 있다가 '이렇게 사는 게 재미없다면 내일 아침에 눈을 뜨지 않아도 괜찮을 것 같다'고. 어제에 대한 그리움도 없었고 내일에 대한 기대도 없었다. 그저 매일 찾아오는 오늘을 심드렁히 살고 있는 게 허무하고 심심해서 그대로 죽고 싶었다. 죽고 싶었던 날이 지나고 그 얘기를 누군가에게 했더니 내가 죽음을 생각한 방식이 깊은 우울에 가깝다는 사실을 알려주었었다.

"정말 이상하지? 네가 아는 나랑은 잘 어울리지 않는 생각 아니야? 나 고등학생 때는 이런 말 안 했잖아. 이상하지. 요즘은 나도 그런 생각을 하게 돼. 이것도 지나가는 일이겠지?" 무거운 얘기가 계속되었지만 공동묘지를 걸으면서는 이 이야기가 자연스러웠다.

엄마와 아빠가 생각나서 죽지는 못했다고 말하다가 부모에 대한 얘기로 넘어가고, 그 얘기는 또 내 여동생이나 그의 오빠에 대한 이야기로 이어졌다. 동생의 결혼식을 지켜본 일을 이야기하다가 내가 결혼식을 얼마나 좋아하고 아름다운 행사로 여기는지, 그리고 그와 비슷한 이유로 장례식 문화 역시 사랑스럽게 여긴다는 사실도 가감 없이 이야기했다.

그 안에서는 죽음을 죽음이라 말할 수 있었다. 나와 친구는 거기에 묻힌 이들과 그들 주변의 상황을 상상하며 여러 모양의 죽음을 그려보았다. 겪은 죽음이나 앞으로 기대하고 바라는 죽음 같은 것에 대해 말할 때도 무겁거나 무섭지 않았다. 그러면서도 자연스레 그 이야기들을 현실과 삶으로 연결할 수 있게 되니 신기한 곳이었다.

아마 그 이후였을 거다. 터부시되는 이야기를 아무렇지 않게 하는 횟수가 늘었다. 일부러 그러는 것은 아니고 나는 원래 그런 일이 자연스러운 아이였다. 어른이 되면서 눈치를 보는 횟수가 늘어나고 궁금한 것을 묻지 못하거나 더러운 일을 더럽다고 말하지 못하게 하는 예의를 배우게 되었다. 그런 일이 반복되니 사는 게 재미가 없어진 것 같아서 요즘은 아침부터 야한 얘기를 꺼내거나 희망을 얘기하는 자리에서 죽음을, 사랑을 말하는 이에게 헤어짐을 상상하게 하는 질문을 던진다.

그것이 누군가를 불쾌하게 만들 수 있지만 우리는 그런 질문과 답 사이에서 서로를 이해할 수 있는 공간을 겨우 빌려볼 수 있는지도 모른다.

앞으로도 그런 이야기를 반갑게 여기는 사람들과 세상에 존재하는 여러 현상과 그에 붙여진 이름들을 편견 없이 하나씩, 하나씩, 이야기해나가고 싶다.

"다음 날 아침 나는 일찍 일어나서 지팡이 하나를 깎아 들고 관문 밖으로 나갔다. 산책이 슬픔을 날려버린다고도 하지 않던가. 너무 덥지도 않은, 밝고 멋진 날이었다. 흥겹고 신선한 바람이 만물을 움직였지만 조금도 불안하지 않게 땅 위에서 적당히 소리를 내며 불어왔다. 나는 오랫동안 산과 숲을 헤맸다. 행복하지 않았다. 우울함에 몸을 맡겨버릴 작정으로 집을 나왔지만 생동하는, 멋진 날씨, 상쾌한 공기, 빠른 걸음이 주는 위안, 무성한 풀밭에 혼자 눕는 안온함이 모든 것을 바꿔버렸다."

이반 세르게예비치 뚜르게네프, 『첫사랑』 중에서

〔 아빠와 〕

산책

냉장고 문을 열어 사이다를 꺼냈다. 입을 대고 벌컥벌컥 몇 모금 마셨다. '행복하다.' 마음속으로 세 번쯤 행복을 말한 뒤, 부른 배를 두드리며 침대에 누웠다. 구정이라 오랜만에 고향에 와서 실컷 먹고 누우니 별다른 생각이 들지 않고 행복만 중얼거리게 되었다. 이렇게 사소하고 선명한 행복이 도처에 널렸는데 왜 어떤 날에는 보이지 않을까.

완전히 닫아두지 않은 방문이 열리더니 아빠가 고개를 들이밀었다. "선아, 산책 갈래?" "이제 막 누워서 일어나기 귀찮은데." 그는 시무룩한 표정으로 방문을 닫았다. 천장을 보며 눈을 몇 번 깜박이다 얼마 전의 다짐이 떠올라 일어나서 옷을 챙겨 입고 따라나섰다. 연말에 부모를 만난 횟수를 손가락으로 접어본 적이 있었는데 양손을 넘기지 못했다. 몇 번씩 다시 시작해서 세어봐도 넘어가지 않았다. 엄마와 아빠를 만나는 날이 1년 중 열 번도 없다는 걸 알게 된 뒤, 마음먹은 것들이 있었다.

"선아야, 산딸나무가 뭔지 아니?""글쎄, 그게 뭘까?""아빠도 모르지. 여기 옆에 푯말에 쓰여 있길래 물어본 거야." 아빠는 허리를 굽혀 나무 푯말에 붙은 설명을 읽기 시작했다. 들어보니 산딸나무는 산딸기 같은 열매가 초여름에 맺혀 붙은 이름이었다. 봄이 되어 꽃이 피면 아파트 단지가 예쁠 거라 말하며 아빠는 그 옆 나무를 가리켰다. "저 나무 위에 새집은 누구 것인지 아니?""글쎄, 누구의 것일까?""까치!""어떻게 알아?""아빠가 저번에 봤지! 열심히 집을 만들더라. 까치가 살면 살기 좋은 동네야." 언젠가는 아빠가 그런 소리를 하면 대답을 하지 않고 무심히 지나쳤는데 이번에는 그러지 않았다. 아빠가 까치에 대해 말하기를 멈출 때까지 대답해주고 질문도 계속했다.

"선아야, 저것 좀 봐라. 사람들이 나무에 저런 걸 걸었어." 아파트 외벽 옆으로 플래카드가 걸려 있었다. 새로 지은 이 아파트 앞으로 또 다른 아파트가 들어서기 시작했는데, 층이 높아 일조권과 조망권을 침해한다는 내용이었다. 얼마 전에 친구가 새로 입주한 자신의 아파트 단지에 생긴 님비현상에 대해 말한 일이 떠올랐다. 결혼한 고향 친구들과 내 부모는 대부분 신도시로 이사해 살고 있다. 여기에 집을 얻고 사는 사람들은 근처에 무엇인가가 새로 생길 때, 예민하게 반응하는 모양이었다. 친구의 이야기를 들으면서 겪지 않은 일에 대해 어떻게 말해야 할지 몰라 최대한 안타까운 표정을 지었었다. 이번에도 그때처럼 아무 말을 안 하고 천천히 걷고 있으니 아빠가 한마디를 덧붙였다. "다들 왜 이렇게까지 화가 날까?" 사람들이 왜 화를 내는 것 같느냐고 되물으니 조잘거리던 입을 닫고 앞서 걸었다. 아빠는 자기 집의 일조권과 조망권을 빼앗기는 일에 화가 나지 않는 것처럼 보였다.

앞서 걷던 아빠는 한 슈퍼마켓을 가리키며 외쳤다. "여기에는 큰 슈퍼가 생겼어. 마트가 없어 불편했는데 저게 생겨서 아주 편리해졌지." 창 너머로 가게 규모를 가늠하고 있는데 급하게 말을 이었다. "그런데 아주 불편하기도 해. 엄마가 예전에는 재료가 없으면 없는 대로 요리를 했는데 이제는 하루에도 몇 번씩 내게 슈퍼 심부름을 시켜." 내가 웃자 그걸 보고 따라 웃으며 아빠는 또 부지런히 걸었다.

"아빠, 아빠는 그럼 매일 이 길을 따라 산책해?" "아니? 여기는 시시한 길이야. 아빠는 여기를 아주 여러 번 걸어서 시시해졌어. 저기 옆에 보이는 작은 산으로 가지. 저기도 좀 싱거워졌지만 최대한 빙글빙글 돌면서 걸으면 좀 괜찮아. 지금 한번 가볼래?" "아니!" 다급하게 집 쪽으로 걸음을 옮기니 아빠는 내 게으름을 놀리며 따라왔다. 아빠는 어떻게 이 시시한 길에 이렇게 많은 이야기를 숨겨두었을까. 저런 사람이 산에 가면 또 얼마나 많은 이야기를 만들까. 그런 생각을 하니 안심이 되었다.

사랑을 의심해본 적이 없다. 내 옆에서 이렇게 천진한 이야기를 조잘거리며 걷는 한 남자가 30여 년간 나를 사랑하고 있다는 사실을 불안하게 여겨 본 적이 단 한 번도 없다. 저 높은 아파트의 한 켠에서 저녁을 차리며 이 남자와 나를 기다리는 여자의 사랑도 마찬가지다. 지금보다 어릴 적에는 왜 나는 더 부유한 가정이나 세련된 부모 아래에서 태어나지 못했는지를 아쉬워한 적이 있었던 것 같은 데 요즘은 결코 그런 생각은 하지 않는다. 완전한 사랑을 받는 일이 당연한 게 아니란 걸 아는 어른이 되어가고 있다. 부모가 내게 준 것과 비슷한 사랑을 흉내 내는 일이 얼마나 어려운 일인지. 인간이 인간을 아낌없이 사랑하고 최선을 다하는 일은, 그래서 한 인간이 사랑을 의심하지 않고 살아가게 만드는 일은, 너무나 위대하다.

아주 평범하고 누구나 길에서 보면 스쳐 지나갈 이 남자는 내게 사소하고 선명한 행복을 발견할 수 있는 유산을 물려주었다. 아빠가 오늘 내게 한 것과 비슷한 행동과 말을, 나는 친구나 연인과 걸으며 자주 조잘거리곤 한다. 다음에는 아빠와 함께 산에 가야지. 거기에서 또 세상에 없는 이야기를 만드는 법을 배우며 말없이 걸어봐야지.

"물끄러미 바라보다 몸을 일으켜 잠시 산책을 나갔다. 집 바로 뒤에는 커다란 강이 흐른다. 깊고 검은 물이 어디서부턴가 흘러와 어디론가 사라진다. 적당히 너른 돌을 골라 앉아 그것을 바라보고 있자니 선선한 바람이 이마에 서늘하게 머물렀다. 떨어지는 해가 강 건너편 산등성이에 닿을 듯 말 듯 걸려 있길래 아쉬운 마음에 시간을 들여 계속 바라보았다. 노을이 지는 과정을 세세하게 들여다본 것이 얼마 만인가. 여유로운 마음이 몸속에 가득 차올랐다.

어릴 때는 집 바로 뒤에 이런 광경이 있다는 것의 고마움을 모르고 살았다. 매일같이 펼쳐지는 광경. 따듯한 것은 그것을 떠났을 때 비로소 소중함을 느끼게 된다. 어둑어둑해지니 강바람이 차가웠다. 느린 걸음으로 찌르륵거리는 풀벌레들의 소리를 들으며 집에 닿으니 어느새 저녁밥이 차려져 있다. 여러 종류의 콩이 따뜻한 밥 위에 가지런히 올라와 있다."

박요셉, 『겨드랑이와 건자두』 중에서

이 책은 3년 전에 한 에디터로부터 온 메일에서 시작되었다. 처음 출간 제안이 왔을 때는 정중히 거절했지만 에디터는 굴하지 않고 계절이 바뀔 때마다 안부를 물어왔다. 메일에서 느껴지는 온화하고 단정한 태도에 끌려 그를 만나 계약서를 쓰기까지 얼추 1년이 걸렸다.

출간 예정일은 그로부터 1년 뒤였던 것 같은데 원고 마감이 늦어져 한 해가 또 그냥 지나가버렸다. 누군가를 기다리게 했지만 한 번도 재촉을 받은 기억이 없다. 다만 내가 이 책을 잊어갈 무렵마다 손편지나 소포가 도착해 있었을 뿐이다. 원고에 대한 얘기는 없었고 매번 안부를 묻거나 응원과 격려를 전해주었다.

원고를 쓰는 동안에는 계약을 하던 즈음과 다르게 슬프게 걷는 날들이 많아졌었다. 자존감이 바닥을 치던 날, 모든 것을 포기하고 싶은 날, 내 이름을 잊어버린 날이면 그가 등장해 "선아 작가님"이라고 불러주어 정신을 차리고 이름을 기억해낼 수 있었다.

저자와 에디터로 만났지만 그에게서 사랑의 원형을 본 것 같다. 어느 관계나 일 혹은 삶을 그가 나를 대해준 방식으로 연습해나가면 많은 일이 괜찮아질 수 있을 거란 용기가 생긴다. 함께 이 책을 작업할 수 있어 행운이었다.

혜미 에디터님께 깊은 감사를 드립니다.

가즈오 이시구로, 김석희 옮김, 『위로받지 못한 사람들 1』
(민음사, 2011), 50쪽

고레에다 히로카즈, 이지수 옮김, 『영화를 찍으며 생각한 것』
(바다출판사, 2017), 140~141쪽

김목인, 『직업으로서의 음악가』
(열린책들, 2018), 194쪽

김선우, 『김선우의 사물들』
(단비, 2012), 33~34쪽

김애란, 『두근두근 내 인생』 「노찬성과 에반」
(창비, 2011), 293쪽

김애란, 『바깥은 여름』
(문학동네, 2017), 66쪽

김영건 · 최윤성, 『나는 속초의 배 목수입니다』
(책읽는수요일, 2018), 116쪽

김종관, 『골목 바이 골목』
(그책, 2017), 133쪽

김훈, 『라면을 끓이며』
(문학동네, 2015), 274쪽

롤랑 바르트, 김웅권 옮김, 『밝은 방』
(동문선, 2006), 83~84쪽

마틴 어스본, 『나는 이스트런던에서 86½년을 살았다』
(클, 2017), 36쪽

메리 앤 섀퍼 · 애니 배로스, 신선해 옮김, 『건지 감자껍질파이 북클럽』
(이덴슬리벨, 2018), 188쪽

박솔뫼, 『인터내셔널의 밤』
(아르테, 2018), 122~123쪽

박요셉, 『겨드랑이와 건자두』
(김영사, 2018), 108~109쪽

배수아, 『잠자는 남자와 일주일을』
(가쎄, 2014), 184~185쪽

백은영, 『다가오는 식물』
(북노마드, 2017), 6쪽

빈센트 반 고흐, 신성림 옮김, 『반 고흐, 영혼의 편지 1』
(위즈덤하우스, 2017), 14쪽

열화당 사진문고 36 『전몽각』
(열화당, 2013), 94쪽

월 스티어시, 최민정 옮김, 『찍지 못한 순간에 관하여』
(현실문화, 2013), 173쪽

유병록 외, 『시인의 사물들』「간판」
(한겨레출판, 2014), 50쪽

이해인, 『김점선 스타일 2』
(마음산책, 2006), 112쪽

장 그르니에, 김용기 옮김, 『일상적인 삶』
(민음사, 2001), 53쪽

제인 버킨 · 가브리엘 크로포드, 김미정 옮김, 『제인 버킨』
(뮤진트리, 2017), 153쪽

존 버거 · 이브 버거, 김현우 옮김, 『아내의 빈 방』
(열화당, 2014), 25쪽

줌파 라히리, 이승수 옮김, 『이 작은 책은 언제나 나보다 크다』
(마음산책, 2015), 61쪽

타니구치 지로 · 쿠스미 마사유키, 『우연한 산보』
(미우, 2012), 작가 후기

패티 스미스, 김선형 옮김, 『M 트레인』
(마음산책, 2016), 171~172쪽

황인숙, 『인숙만필』
(마음산책, 2003), 「나의 남신 야외식물원」 중에서

"가진 이야기를 아무도 모르게 보내줘야 할 때가 있다. 은밀하게 갖고 있던 이야기가 더는 내 것이 아닌 것처럼 느껴지면 그걸 멀리 보내주고 다른 비밀을 기다린다. 부지런히 기웃거리며 산책하다 보면 우연히 발견하게 될 작은 비밀. 어쩌면 모든 산책은 한 나무 앞으로 돌아오는 길이란 걸 알아차리게 할 놀라운 비밀을."

어른이 슬프게
걸을 때도 있는 거지

초판 1쇄 발행 2020년 6월 22일
초판 6쇄 발행 2021년 6월 15일

지은이   박선아
발행인   고석현

발행처   (주)한올엠앤씨
등록   2011년 5월 14일

주소   경기도 파주시 심학산로 12, 4층
전화   031-839-6804(마케팅), 031-839-6812(편집)
팩스   031-839-6828
이메일   booksonwed@gmail.com
홈페이지   www.daybybook.com
ISBN   978-89-86022-18-6 (03810)

책읽는수요일, 라이프맵, 비즈니스맵, 생각연구소, 지식갤러리,
스타일북스는 ㈜한올엠앤씨의 브랜드입니다.

이 책에 수록된 원고는 〈채널 예스〉 매거진의 칼럼 코너 '빈칸의 산책'과
《PAPER》 매거진에 연재한 글 일부를 포함하고 있습니다.